suhrkamp taschenbuch 1853

Bernard Shaw, geboren am 26. Juli 1856 in Dublin, ist am 2. November 1950 in Ayot St. Lawrence/Hertfordshire gestorben. Er gilt als meistgespielter Dramatiker unseres Jahrhunderts, seine Stücke zählen zu den weltweit erfolgreichsten aller Zeiten. 1925 wurde Shaw mit dem Nobelpreis ausgezeichnet.

Cäsar und Cleopatra, das bekannteste der drei »Stücke für Puritaner«, begreift den antiken Stoff der Begegnung zwischen dem römischen Imperator und der sechzehnjährigen ägyptischen Königin nicht als leidenschaftliches Liebesabenteuer nach Art der bisherigen literarischen Interpretation, sondern – im Gegensatz gerade auch zu der berühmtesten Dramatisierung durch Shakespeare – als eine Lektion über die verantwortliche Handhabung der Macht auf dem Weg zu einer höheren Stufe der Zivilisation. Es ist in diesem Sinne vor allem ein Antikriegsstück: Shaws Cäsar, ein alternder, weise gewordener Held, erweist sich als wahrhafter Souverän im Dienst der Menschenführung, des Humors und der Vernunft. Die grundsätzliche Frage im Zusammenhang mit der Gestaltung eines solchen Charakters lag für Shaw darin, ob es möglich ist, »Größe darzustellen, wenn ich einen Menschen, wo er seine Pflicht tut, einfach seiner Natur folgen und ihn nicht seine Natur verleugnen lasse«.

Der Band enthält zusätzlich die ausführlichen Anmerkungen des Autors zu dem Stück sowie seine Vorrede unter dem Titel »Besser als Shakespeare?«

Bernard Shaw
Gesammelte Stücke in
Einzelausgaben

Herausgegeben von
Ursula Michels-Wenz

Band 4

Bernard Shaw

Cäsar und Cleopatra

Eine Historie in fünf Akten

Deutsch von Annemarie Böll
und Heinrich Böll

*Mit der Vorrede des Autors
und seinen Anmerkungen
zu dem Stück*

Suhrkamp

Originaltitel: *Caesar and Cleopatra*
Erstmals erschienen in: *Three Plays for Puritans*, London 1901;
als Einzelausgabe London 1904.
Erste deutsche Übersetzung Berlin 1904.
Übersetzung der Vorrede »Besser als Shakespeare«
von Siegfried Trebitsch.
Sämtliche Texte für diesen Band revidiert
von Ursula Michels-Wenz.

suhrkamp taschenbuch 1853
Erste Auflage 1992

Satz: Uhl + Massopust, Aalen
Druck: Nomos Verlagsgesellschaft, Baden-Baden
Printed in Germany
Umschlag nach Entwürfen von
Willy Fleckhaus und Rolf Staudt

1 2 3 4 5 6 – 97 96 95 94 93 92

Inhalt

Vorrede zu *Cäsar und Cleopatra*

Besser als Shakespeare?

Teilabschnitt aus der Vorrede zu *Drei Stücke für Puritaner** unter dem Titel »Warum für Puritaner?«

Die Beziehung meines Titels auf zwei Stücke [d. h. *Cäsar und Cleopatra* und *Kapitän Brassbounds Bekehrung*] des Sammelbandes ist nicht so offensichtlich [wie bei dem Melodram *Der Teufelsschüler*], da weder Julius Cäsar noch Cleopatra oder Lady Cicely [die Heldin in *Kapitän Brassbounds Bekehrung*] irgendeine äußere politische Verbindung zum Puritanismus aufweisen. Schon der Name Cleopatras läßt einen sogleich an eine Tragödie à la Circe denken, mit dem grauenhaften Unterschied, daß die modern romantische Konvention Circe darstellen würde, wie sie Schweine in Helden verwandelt, während die alte Mythe sie richtig darstellt, wie sie Helden in Schweine verwandelt. Shakespeares Drama *Antonius und Cleopatra* muß notwendigerweise dem echten Puritaner ebenso unerträglich sein, wie es unbestimmt peinigend für den gewöhnlichen, gesunden Bürger ist; weil Shakespeare hier, nachdem er ein getreues Bild des durch Ausschweifung zerstörten Kriegers und der typischen Buhlerin, in deren Armen solche Männer zugrunde gehen, gegeben hat, schließlich all seine gewaltige rhetorische Macht und sein ganzes Bühnenpathos aufbietet, um dem kläglichen Ende des Liedes eine theatralische Erhabenheit zu verleihen und törichte Zuschauer zu überzeugen, daß das Paar wohl daran tat, der Welt zu entsagen. Derart Verkehrtes kann allenfalls von echten Antoniussen und Cleopatren ertragen werden (man findet sie in jedem Wirtshaus), die zweifellos nur zu gern von einem Dichter in unsterbliche Liebende verwandelt werden möchten. Wehe aber dem Dichter, der sich zu solcher Dummheit erniedrigt! Das Schicksal des Mannes, der das Leben sieht,

* Trilogie der Erstausgabe mit den Dramen *Der Teufelsschüler, Cäsar und Cleopatra* und *Kapitän Brassbounds Bekehrung*, erschienen 1901.

wie es ist, und romantisch darüber denkt, heißt Verzweiflung. Wie gut kennen wir die Schreie dieser Verzweiflung! Vanitas vanitatum, alles ist eitel! stöhnt der Prediger, wenn ihn das Leben endlich gelehrt hat, daß die Natur nicht nach seiner Moralistenmelodie tanzen will. Und noch viele Jahrhunderte später bellt ein Thackeray den Mond mit denselben Ausdrükken an. »Lösch' aus, lösch' aus, kurzbrennende Kerze!« ruft Shakespeare in seiner Tragödie des neuen literarischen Menschen als Mörder und Hexenbefrager. Die Zeit ist sicherlich vorbei, in der man Geduld haben konnte mit Schriftstellern, die, wenn sie zu wählen haben, ob sie das Leben in Verzweiflung aufgeben oder die lumpigen moralischen Küchenwaagen wegwerfen sollen, mit denen sie das Weltall abzuwägen suchen, abergläubisch bei der Waage bleiben und den Rest ihres Daseins, das sie zu verachten vorgeben, damit zubringen, den Lebensgeist der Menschen zu zerstören. Aber selbst im Pessimismus gibt es noch eine Wahl zwischen intellektueller Ehrlichkeit und Unehrlichkeit. Hogarth zeichnete den Wüstling und die Hure, ohne ihr Ende zu verherrlichen. Swift, der unser System der Moral und Religion akzeptierte, gab uns das unvermeidliche Verdikt über dieses System durch den Mund des Königs von Brobdingnag und beschrieb den Menschen als den Yahoo, der auf seinen Vorgesetzten, das Pferd, mit jeder seiner Handlungen anstößig wirkt. Strindberg, der einzige lebende echte Dramatiker vom Geiste Shakespeares, zeigt, daß der weibliche Yahoo, mit romantischem Maßstab gemessen, gemeiner ist als ihr männlicher Gimpel und Sklave. Ich achte diese energischen Tragikkomödianten: Sie sind logisch und wahr: Sie zwingen einen, der Tatsache ins Gesicht zu sehen, daß man entweder ihre Schlußfolgerungen als triftig annehmen (in welchem Falle es feige ist, das Leben fortzusetzen) oder zugeben muß, daß die Art und Weise, in der man über ihr Betragen urteilt, lächerlich ist. Aber wenn unsere Shakespeares und Thackerays die Sache zu einem wirren Ende führen, dadurch, daß sie jemanden töten und einem die Augen mit dem Taschentuch des Bestattungsunternehmers bedecken, das mit irgendeiner pathetischen Phrase gehörig gezwiebelt ist, wie etwa: »Und Engelscharen singen dich zur Ruh« oder dergleichen, dann habe ich gar keinen Respekt vor ihnen: Solche rührseligen Kniffe können vielleicht Teesäufern imponieren, nicht aber mir.

Überdies habe ich einen technischen Einwand dagegen, daß man geschlechtliche Verblendung zu einem tragischen Thema macht. Die Erfahrung lehrt, daß sie nur wirksam ist, wenn man sie komisch faßt. Wir können zwar eine Frau Hurtig, die ihr Silbergeschirr aus Liebe zu Falstaff verpfändet, ertragen, nicht aber einen Antonius, der aus Liebe zu Cleopatra aus der Schlacht von Actium davonläuft. Man lasse dem Realismus seine Darstellung, der Kömödie ihre Kritik oder auch der Unzucht ihr grobes Lachen auf Kosten geschlechtlicher Verblendung, wenn es sein muß; aber von uns zu verlangen, daß wir unsere Seelen ihrem verderblichen Blendwerk überlassen, daß wir sie anbeten, sie vergöttern und damit implizieren, daß sie allein unser Leben lebenswert machen, ist nichts als wahnsinnig gewordene Erotik – womit verglichen Falstaffs keineswegs verherrlichte Trunkenheit und Hurerei achtbar und rechtschaffen ist. Wer immer also auf diesen Seiten in Cleopatra eine Circe und in Cäsar ein Schwein zu finden hofft, täte besser daran, mein Buch niederzulegen und sich die Enttäuschung zu ersparen.

In Cäsar habe ich wieder einen Charakter benutzt, mit dem Shakespeare mir bereits zuvorgekommen ist. Aber Shakespeare, der die menschliche Schwäche so gut kannte, kannte niemals die menschliche Stärke des Cäsarentypus. Sein Cäsar ist eingestandenermaßen ein Versager; sein Lear ist ein Meisterstück. Die Tragödie der Enttäuschung und des Zweifels, des Todeskampfes um eine Fußbreite Halt auf dem Flugsand, hervorgerufen durch eine scharfe Beobachtung, die die von ihr so fälschlich der Natur beigelegten Attribute der Moral und der Anständigkeit als wahr zu beweisen sucht, die Tragödie des treulosen Willens und der scharfsichtigen Augen, die zu blenden der treulose Wille zu schwach ist: All das kann wohl einen Hamlet oder Macbeth zustande bringen und von seiten literarischer Herren großen Beifall eintragen, aber es ergibt keinen Julius Cäsar. Shakespeare hatte nichts von Cäsar in sich, auch nicht die jetzt schnell verblassende Epoche, die er inaugurierte. Es hat Shakespeare kein bißchen wehgetan, Cäsar aus rein technischen Gründen nach unten zu dichten, um Brutus nach oben zu dichten. Und was für einen Brutus! Ein vollkommener Girondin spiegelt sich da in Shakespeares Kunst, zweihundert Jahre bevor die wirkliche Sache zur Reife gedieh, und schwätzt und geht auf Stelzen und bekommt, wie es sich gehört, den Kopf von den derberen Antoniussen und Octaviussen seiner Zeit abgeschlagen, die wenigstens den Unterschied zwischen Leben und Rhetorik kennen.

Man wird sagen, daß diese Bemerkungen keinen andern Zweck haben können als den, meinen Cäsar dem Publikum als eine Verbesserung von Shakespeares Cäsar anzubieten. Und in der Tat, das genau ist ihr Sinn. Aber an dieser Stelle möchte ich jenen Schreibern, die sich so oft gegen meine Kritik an Shakespeare wie gegen Lästerungen einer bis jetzt unangetasteten Vollkommenheit und Unfehlbarkeit verwahrt haben, doch einmal einen freundschaftlichen Wink geben. Solche Kritik ist nicht neuer als das Glaubensbekenntnis meines vom Teufel besessenen Puritaners oder meine Wiederbelebung heiterer Redensarten wie »cool as a cucumber« [etwa: »frech wie Oskar«]. Zu große Überraschung darüber verrät eine so beschränkte Bekanntschaft mit der Kritik an Shakespeare, daß sie nicht einmal die Vorreden eines Doktor Johnson und die Äußerungen Napoleons einschließt. Ich habe nur im Dialekt meiner eigenen Zeit und im Lichte ihrer Philosophie das wiederholt, was diese Leute im Dialekt und im Licht der ihrigen gesagt haben. Laßt euch doch nicht irreführen durch die Shakespeare-Schwärmer, die seit seiner Zeit von seinen Stücken genau so entzückt gewesen sind, wie sie über eine besondere Taubenzucht hätten entzückt sein können, wenn sie niemals lesen gelernt hätten.

Seine echten Kritiker, von Ben Johnson bis Frank Harris, haben sich von einer so gearteten Vergötterung immer ebenso ferngehalten wie ich.
Was unsere gewöhnlichen unkritischen Mitbürger betrifft, so sind sie in den letzten drei Jahrhunderten langsam vorwärts getrottet bis zu dem Punkt, den Shakespeare mit einem einzigen Sprung schon im elisabethanischen Zeitalter erreichte. Heute sind die meisten erst da oder ungefähr dort angelangt; mit dem Resultat, daß seine Stücke nach und nach endlich so gespielt werden, wie er sie geschrieben hat, und die lange Reihe schmachvoller Possen, Melodramen und Bühnenaufzüge, die Schauspieldirektoren von Garrick und Cibber bis zu unsern eigenen Zeitgenossen aus seinen Stücken – wie Bauern Hütten aus dem Kolosseum – herausgehackt haben, beginnt von der Bühne zu verschwinden. Es ist eine bezeichnende Tatsache, daß die Shakespeare-Verstümmler, die niemals überzeugt werden konnten, daß Shakespeare sein Geschäft besser verstand als sie, immer seine fanatischsten Anbeter gewesen sind. Der verstorbene Augustin Daly fand keinen Preis zu hoch, um seiner Sammlung von Shakespearereliquien etwas hinzuzufügen; aber als er Shakespearestücke für die Bühne einrichtete, ging er von der Voraussetzung aus, daß Shakespeare ein Stümper, er hingegen ein Künstler sei. Ich bin ein viel zu guter Anhänger Shakespeares, um es Sir Henry Irving jemals verzeihen zu können, daß er eine Fassung des *König Lear* herausbrachte, die so verstümmelt war, daß die zahlreichen Kritiker, die das Stück nie gelesen hatten, der Geschichte Glosters nicht zu folgen vermochten. Diese beiden Anbeter des Barden müssen Forbes Robertson für verrückt gehalten haben, weil er Fortinbras wieder auf die Bühne brachte und *Hamlet* so ungestrichen spielte, als er nur konnte, statt so gestrichen wie möglich; und der augenblickliche Erfolg des Wagnisses hat ihren Sinn wahrscheinlich nicht weiter geändert, daß sie das Publikum für verrückt halten. Frank R. Benson spielt das vollständige Stück tatsächlich in zwei Sitzungen und lockt der naiven Überraschung besagter

zahlreicher Kritiker die Bemerkung ab, daß Polonius doch eigentlich ein rundum gelungener und interessanter Charakter sei. Es war das Zeitalter der groben Unkenntnis Shakespeares und der Unfähigkeit, seine Werke aufzunehmen, das die uns vertrauten, unterschiedslosen Lobeshymnen hervorbrachte. Und es war die Wiederbelebung der seriösen Aufmerksamkeit gegenüber jenen Werken, die mit der Bewegung zusammentraf, echte statt illegitimer und alberner Vorstellungen seiner Stücke zu geben. Soviel über den Götzendienst an unserem Barden!

Daraus folgt jedoch nicht, daß das Recht, Shakespeare zu kritisieren, die Fähigkeit in sich schließt, bessere Stücke zu schreiben. Und in der Tat – seien Sie über meine Bescheidenheit nicht überrascht – gebe ich nicht vor, bessere Stücke zu schreiben. Das Schreiben aufführbarer Bühnenstücke stellt dem menschlichen Talent kein unerreichbares Ziel; und die Dramatiker, die ihre Schwierigkeiten für größer ausgeben, als sie wirklich sind, sind Schwindler. Der Gipfel ihrer Kunst ist immer wieder erreicht worden. Kein Mensch wird jemals eine bessere Tragödie als den *Lear*, eine bessere Komödie als *Le Festin de Pierre* oder *Peer Gynt*, eine bessere Oper als *Don Giovanni*, ein besseres Musikdrama als *Der Ring des Nibelungen* schreiben, oder – um bei der Sache zu bleiben – bessere Zeitstücke und Melodramen, als sie jetzt von Schriftstellern hervorgebracht werden, die mit dem Worte »unsterblich« zu höhnen keinem Menschen auch nur im Traum einfallen würde. Die Philosophie, die Lebensauffassung ist es, die wechselt, nicht die handwerkliche Kunst des Stückeschreibers. Eine Generation, die gründlich moralisiert und patriotisiert ist, die tugendhafte Entrüstung als geistig nahrhaft empfindet, die den Mörder mordet und den Dieb bestiehlt, die vor allen Arten von Idealen, seien sie sozialer, militärischer, geistlicher, königlicher und göttlicher Natur, im Staube liegt, die kann von meinem Standpunkt aus wohl tief im Irrtum sein, aber es braucht ihr nicht an den besten Stücken zu fehlen, die Menschenhand hervorbringen kann. Nur werden solche

Stücke weder geschrieben noch genossen werden von Menschen, in deren Philosophie die Begriffe Schuld und Unschuld, und daher auch Rache und Vergötterung, ohne Bedeutung sind. Diese Menschen müssen sämtliche alten Stücke noch einmal neu schreiben und zwar in den Begriffen ihrer eigenen Philosophie; das ist auch der Grund, weshalb es ohne eine neue Philosophie kein neues Drama geben kann, wie [der schottische Historiker] Stuart-Glennie ausgeführt hat. Und ich füge hinzu, daß es auch keinen Shakespeare oder Goethe ohne ein solches Denken geben kann, wie keine zwei Shakespeares in einer philosophischen Epoche vorkommen können, da der erste große Repräsentant einer Epoche die ganze Ernte einheimst und die, die nachher kommen, zu bloßen Ährenlesern degradiert oder, noch schlimmer, zu Narren, die fleißig alle Bewegungen des Mähers und des Binders auf leerem Felde nachahmen. Was hat es für einen Zweck, Stücke zu schreiben oder Fresken zu malen, wenn man nichts weiter zu sagen oder zu zeigen hat als das, was Shakespeare, Michelangelo und Raffael schon gesagt und gezeigt haben? Wenn diese die Dinge nicht anders gesehen hätten, sei es besser oder schlechter als die dramatischen Dichter der Townley-Mysterien oder als Giotto, so hätten sie ihre Werke gar nicht schaffen können, auch wenn ihre Kunst der Feder und der Hand doppelt so groß gewesen wäre. Nach so großen Künstlern war keine Notwendigkeit vorhanden (und nur die Notwendigkeit stärkt die Menschen, der Verfolgung ins Antlitz zu sehen, unter deren Zähnen die neue Kunst geboren wird), das, was schon gemacht war, noch einmal zu machen, bis die Zeit kam, da ihre Philosophie sich überlebt hatte und eine neue Spezies von Dichtern und Kritikern des neunzehnten Jahrhunderts, von Byron bis zu William Morris, anfing, über Shakespeare und Raffael zuerst kühl zu sprechen, um dann in der mittelalterlichen Kunst, welche diese Meister der Renaissance ersetzt hatten, gewisse vergessene Elemente wiederzuentdecken, die für die neue Ernte keimten. Ja, mehr noch, sie begannen zu entdecken, daß die technische Geschicklichkeit dieser Meister keineswegs unübertreffbar war. Tatsächlich leugne ich entschieden, daß die Großen, die in der Kunst Epoche gemacht haben, ihre Stellung ihrer technischen Geschicklichkeit verdanken. Zwar können wir, wenn wir nach Beispielen einer wunderbaren Beherrschung der Sprache oder der graphischen Linie suchen, keine Besseren finden als Shakespeare und Michelangelo. Aber beide legten ihre Kunst jahrhundertelang brach, dadurch, daß sie spätere Künstler verleiteten, die Größe im Kopieren ihrer Technik zu suchen. Die Technik wurde übernommen, verfeinert und immer wieder überarbeitet; aber die Überlegenheit der beiden Großmeister und Vorbilder blieb unbestritten. Eine leicht zu beobachtende Tatsache ist es, daß jede Generation Menschen von ungewöhnlichen Spezialbegabungen, künstlerischer, mathematischer und sprachlicher Natur, hervorbringt, die aus Mangel an neuen oder überhaupt auch nur nennenswerten Ideen außerhalb des Varietétheaters und des Schulzimmers keine besondere Stellung erreichen, obwohl sie mit Leichtigkeit zu Dingen fähig sind, die die großen Schöpfer einer Epoche nur linkisch oder überhaupt nicht gekonnt haben. Die Geringschätzung des akademischen Pedanten für den Originalkünstler ist oft auf eine wirkliche Überlegenheit an technischem Wissen und Können gegründet; er ist manchmal ein besserer Zeichner der Anatomie als Raffael, ein besserer Kenner des dreifachen Kontrapunktes als Beethoven, ein besserer Versemacher als Byron. Ja, das trifft sogar nicht nur auf Pedanten zu, sondern auch auf Menschen, die Kunstwerke von einigem Rang hervorgebracht haben. Wäre die technische Gewandtheit das Geheimnis der großen Kunst, so wäre Swinburne größer als Browning und Byron zusammen, Stevenson größer als Scott oder Dickens, Mendelssohn größer als Wagner, Maclise größer als Madox Brown. Überdies bilden sich neue Ideen ihre Technik genauso aus, wie das Wasser seine Kanäle bildet; und der Techniker ohne Ideen ist gerade so unnütz wie der Kanalbauer ohne Wasser, mag er auch auf sehr geschickte Weise dasselbe leisten, was der

Mississippi auf sehr rücksichtslose Weise leistet. Um den Beweis ganz niet- und nagelfest zu machen, hat man nur zu beobachten, daß der Schöpfer einer Epoche selbst gewöhnlich damit beginnt, berufsmäßig zu arbeiten, ehe seine neuen Ideen ihn so genügend beherrschen, daß sie darauf bestehen, durch seine Kunst anhaltenden Ausdruck zu finden. In solchen Fällen ist man gezwungen zuzugeben, daß die Größe des Künstlers, wäre er zufällig früher gestorben, unvollendet geblieben wäre, allen anerkannten technischen Fähigkeiten zum Trotz. Die ersten nachahmenden Werke großer Menschen sind gewöhnlich bedeutend schwächer als die ihrer Vorläufer. Man stelle sich vor, daß Wagner nach der Komposition des *Rienzi* oder Shelley nach *Zastrozzi* gestorben wäre! Würde irgendein maßgebender Kritiker in diesem Fall Wagners Technik so hoch wie die Rossinis, Spontinis oder Meyerbeers gestellt haben; oder Shelleys Technik so hoch wie die Moores? Und wenden wir das Problem nach einer anderen Seite: Glaubt etwa jemand, daß Shakespeare, wenn er Goethes oder Ibsens Idee gehabt hätte, sie schlechter als Goethe oder Ibsen zum Ausdruck gebracht hätte? Ist es wahrscheinlich, daß, wie die menschliche Fähigkeit nun einmal ist, in unserer Zeit ein Fortschritt in den darstellenden Künsten, außer in äußerlichen Umständen, erreicht werden könnte, der einen Autor befähigte, ohne sich lächerlich zu machen, das, was er zu sagen hat, besser sagen zu wollen als Homer oder Shakespeare? Nein. Aber selbst der bescheidenste Autor, und noch viel mehr ein eher arroganter, wie ich es bin, kann behaupten, daß er inzwischen etwas zu sagen hat, was weder Homer noch Shakespeare gesagt haben. Und der Theaterbesucher kann vernünftigerweise verlangen, daß ihm historische Ereignisse und Persönlichkeiten im Licht seiner eigenen Zeit dargestellt werden, auch wenn Homer und Shakespeare sie bereits im Licht ihrer Zeit dargestellt haben. Zum Beispiel hat Homer Achilles und Ajax in der *Iliade* der Welt als Helden vorgeführt. Zur rechten Zeit kam dann Shakespeare, der sozusagen erklärte: Ich kann wahrhaftig nicht akzeptieren, daß dieses verzogene Kind und dieser muskulöse Narr große Männer sein sollen, nur weil Homer ihnen dem griechischen Theaterpublikum zuliebe geschmeichelt hat. Infolgedessen haben wir in *Troilus und Cressida* das Urteil der Epoche Shakespeares (das auch unseres ist) über dieses Paar. Das bedeutet aber durchaus nicht, daß Shakespeare sich für einen größeren Dichter hielt als Homer.

Als Shakespeare hingegen das Leben Heinrichs V. und Julius Cäsars behandelte, gestaltete er es nach seiner persönlichen ritterlichen Auffassung von einem großen Staatsmann und Befehlshaber. Aber im neunzehnten Jahrhundert kommt der deutsche Historiker Mommsen hinzu, der Cäsar gleichfalls zu seinem Helden erwählt, und rückt den ungeheuren Unterschied in den Zielen zwischen dem vollendeten Ritter Vercingetorix und seinem großen Besieger Julius Cäsar ins Licht. In unserem Land begriff dann Carlyle mit seinem Einschlag an bäuerlicher Inspiration die Art von Größe, die den echten Helden der Geschichte weit über den bloßen »preux chevalier« hinausrückt, dessen fanatisch-persönlicher Ehrbegriff, dessen Ritterlichkeit und Selbstaufopferung auf der Leidenschaft für den Tod beruht, die ihrerseits aus der Unfähigkeit entspringt, die Last eines Lebens zu ertragen, das dem Lebenden keine idealen Bedingungen gewährt. Dieser eine Lichtstrahl der Erkenntnis wurde Carlyles ganzes geistiges Inventar; und er genügte, um aus ihm einen literarischen Meister zu machen. Zur rechten Zeit, da Mommsen ein alter Mann ist und Carlyle tot, bin ich dann gekommen und dramatisiere den jetzt schon bekannten Unterschied in den *Helden* mit ihrem komödiantischen Zwiespalt zwischen dem ritterlichen Bulgaren und dem Mommsen-artigen Schweizer Hauptmann; worauf sehr viele Theaterbesucher, die Shakespeare noch nicht und noch weniger Mommsen oder Carlyle gelesen haben, ein Angstgeschrei um ihr ritterliches Ideal anheben, als ob dessen Zulänglichkeit seit dem Mittelalter von keinem Menschen in Frage gestellt worden wäre. Sie mögen mir danken, daß ich ihre Bildung auf den neuesten Stand gehoben habe. Und sie mögen mir erlauben, Cäsar in das gleiche Licht der heutigen Zeit zu rücken, indem ich mir dieselbe Freiheit nehme, die Shakespeare sich mit Homer genommen hat, und ohne daß ich mir einbilde, die Ansicht Mommsens über Cäsar besser darzustellen, als Shakespeare eine Ansicht ausdrückte, die nicht einmal plutarchisch war und die, wie ich fürchte, ebensosehr auf die seit dem *Tamerlan* [Christopher] Marlowes eingerissene Tradition mit Bühnenhelden wie auf die ritterliche Auffassung des Heroismus, die in *Heinrich V.* dramatisiert ist, zurückgeführt werden muß.

Was mich selbst betrifft, so kann ich beteuern, daß die Kräfte der Erfindung, des Humors und der Bühneneinfälle, wie ich sie in meinen Stücken, den »erquicklichen«, den »unerquicklichen« und in den *Drei Stücken für Puritaner* ins Werk setzen konnte, mir gar nichts galten, bevor ich die alten Tatsachen nicht in einem neuen Licht sah. In technischer Beziehung bin ich nicht imstande, anders vorzugehen als frühere Dramatiker vorgegangen sind. Freilich weisen meine Stücke die neuesten mechanischen Fortschritte auf; die Handlung wird nicht durch unmögliche Monologe und beiseite Gesprochenes vorwärtsgeschoben; und meine Menschen treten auf und gehen ab von der Bühne, ohne vier Türen in einem Zimmer nötig zu haben, das im wirklichen Leben nur eine besäße. Aber meine Geschichten sind die alten Geschichten; meine Charaktere die vertrauten: Harlekin und Colombine, Clown und Pantalon (man achte auf den Harlekin-Sprung im dritten Akt von *Cäsar und Cleopatra*); meine Bühnenkniffe und Verzögerungen und Spannungen und Scherze sind die, die schon zur Zeit meiner Kindheit im Schwange waren und die mein Großvater schon damals satt hatte. Den jungen Leuten, die sie zum erstenmal in meinen Stücken kennenlernen, mögen sie so neu erscheinen wie die Nase Cyranos denen, die niemals einen Kasper gesehen haben; während für ältere Theaterbesucher die unerwartete Art meines Versuchs, Naturgeschichte an die Stelle einer konventionellen Ethik und romantischen Logik zu setzen, die ewig gleichen Bühnenpuppen und ihre unausweichlichen Verlegenheiten vielleicht so zu verwandeln vermag, daß es ihnen im Augenblick unmöglich ist, sie zu identifizieren. Wenn dem so sein sollte, um so besser für mich: dann werde ich vielleicht ein paar Jahre Unsterblichkeit genießen. Aber das Rad der Zeit wird mein Publikum bald auf meinen eigenen Standpunkt bringen; und dann wird der nächste Shakespeare, der heraufkommt, diese kleinen Versuche von mir in Meisterwerke verwandeln, die der Epoche die Krone aufsetzen. Bis dahin werden meine Charakteristiken des zwanzigsten Jahrhunderts unbeachtet wie etwas Selbstverständliches mitlaufen, während die Künstlichkeit des achtzehnten Jahrhunderts, die das Werk aller irischen Literaten meiner Generation kennzeichnet, veraltet und albern erscheinen wird. Es ist eine gefährliche Sache, sofort und mit Jubel vor allem als originell begrüßt zu werden, wie ein paar leicht erregbare Bewunderer mich begrüßt haben: Was die Welt Originalität nennt, ist nur eine ungewohnte Art, sie zu kitzeln. Meyerbeer erschien den Parisern ungeheuer originell, als er zuerst unter ihnen auftauchte. Heute ist er nur noch eine Krähe, die dem Pflug eines Beethoven folgte. Ich selber bin eine Krähe, die gar vielen Pflügen gefolgt ist. Zweifellos erscheine ich denen, die sich niemals hungrig und neugierig auf den Feldern der Philosophie, der Politik und der Kunst umgetan haben, ungeheuer gescheit. Karl Marx hat von Stuart Mill gesagt, daß er seine Größe der Plattheit des ihn umgebenden Landes zu verdanken habe. In unserer Zeit der allgemeinen Schulbildung, wo jeder lesen kann, die Zeitungen billig sind und unvermeidlich darauf eine Nachfrage entstehen wird nach Berühmtheiten aller Art, literarischen, militärischen, politischen und modisch aktuellen, als Stoff für die Zeitungsartikel, ist dieser Bekanntheitsgrad schon mit sehr mäßigem Talent erreichbar. Ansehen ist heutzutage billig. Aber selbst wenn es teuer wäre, könnte ein wirklich sozialgesinnter Weltbürger unmöglich hoffen, daß sein Ansehen von Dauer sei; denn dies hieße hoffen, daß die Flut der allgemeinen Erleuchtung sich niemals über seinen eigenen elenden Hochwasserstand erheben werde. Widerlich der Gedanke, daß Shakespeare nun schon dreihundert Jahre vorhält, obwohl er nicht weiter gekommen ist als Koheleth der Prediger, der viele Jahrhunderte vor ihm starb; oder daß der mehr als zweitausend Jahre alte Plato noch immer unseren Wählern voraus ist. Wir müssen uns beeilen, wir müssen uns von den Berühmtheiten befreien: sie sind das Unkraut im Boden der Unwissenheit. Man bebaue diesen Boden, und sie werden noch schöner aufblühen, aber nur als Annalen. Wenn diese Vorrede irgend dazu verhelfen kann, meiner Berühmtheit ledig zu werden, wird sich die Mühe gelohnt haben, sie zu schreiben.

Surrey, 1900

Cäsar und Cleopatra

Eine Historie

Personen:

CÄSAR
CLEOPATRA
PTOLEMÄUS, *ihr zehnjähriger Bruder*
RUFIO, *ein römischer Befehlshaber*
BRITANNUS, *Cäsars Sekretär*
POTHINUS, *Vormund des Ptolemäus* (auch POTHEINOS genannt)
THEODOTUS, *Erzieher des Ptolemäus*
ACHILLAS, *Heerführer*
FTATATEETA, *Haushofmeisterin und Amme der Cleopatra*
APOLLODORUS, *ein Sizilianer*
BELZANOR, *Befehlshaber der Leibwache der Cleopatra*
BEL AFFRIS, *ein Tempelwächter*
EIN PERSER *in der Leibwache der Cleopatra*
LUCIUS SEPTIMIUS, *Tribun*
CHARMIAN, IRAS } *Lieblingssklavinnen der Cleopatra*
EINE HARFENSPIELERIN
EIN ALTER MUSIKER
PALASTBEAMTE
PRIESTER
TRÄGER
NUBISCHE, RÖMISCHE UND ÄGYPTISCHE SCHILDWACHEN
GEFOLGE DES PTOLEMÄUS
RÖMISCHE SOLDATEN
SKLAVEN UND VOLK etc.

Ort der Handlung:
Ägypten

Zeit:
Ende der XXXIII. Dynastie, Oktober 48 bis März 47 v. Chr.

Prolog

Eingang des Ra-Tempels in Memphis. Tiefe Dämmerung. Im Dunkel des Tempelinnern ist, auf eine geheimnisvolle Weise von innen her leuchtend, eine hoheitsvolle Gestalt mit dem Kopf eines Falken zu sehen. Sie mustert die zeitgenössische Zuhörerschaft mit großer Verachtung, spricht dann die folgenden Worte:

Ruhe! Schweiget still und hört auf meine Worte, ihr wunderlichen kleinen Inselbewohner. Tut eure Ohren auf, ihr Männer mit weißer Hemdbrust, auf der nichts geschrieben steht (womit die Unschuld eurer Gesinnung bewiesen werden soll). Hört mir zu, ihr Frauen, die ihr euch verführerisch aufputzt und eure Gedanken vor euren Männern verbergt, sie glauben macht, ihr hieltet sie für wunderbar stark und weise, während ihr sie in Wahrheit in euren Herzen für Kinder ohne Urteilskraft anseht. Betrachtet meinen Falkenkopf und wißt, daß ich es bin, Ra, der einst in Ägypten ein mächtiger Gott war. Niederknien oder euch vor mir hinwerfen könnt ihr nicht, denn ihr seid in Reihen gepackt, ohne Bewegungsfreiheit, und nehmt einander die Sicht. Auch hält es keiner von euch für geziemend zu tun, was getan werden muß, bevor ihr seht, daß auch alle anderen es tun, und so kommt es, daß in Notfällen gewöhnlich nichts getan wird, obwohl jeder dem andern sagt, es müsse etwas getan werden. Nicht Anbetung will ich von euch, sondern Schweigen. Ihr Männer, redet also nicht, und ihr Frauen, hustet nicht, denn ich bin gekommen, euch zweitausend Jahre zurückzuführen. Ihr armseligen Nachgeborenen, glaubt nur nicht, ihr wäret die ersten. Vor euch haben schon andere Narren gesehen, wie die Sonne aufgeht und untergeht, und wie der Mond Gestalt und Stand wechselt. Wie sie waren, so seid auch ihr, nur nicht so groß; denn die Pyramiden, die mein Volk erbaut hat, stehen bis auf den heutigen Tag, während die Staubhügel, auf denen ihr euch abmüht und die ihr Reiche nennt, vom Wind auseinandergeweht werden, auch wenn ihr, damit noch mehr Staub sei, eure toten Söhne darauf häuft.

Hört mir also zu, ihr, die ihr durch Gesetzeszwang gebildet seid, und erfahrt: So wie es ein altes und ein neues England gibt und ihr verwirrt zwischen diesen beiden steht, so gab es zu der Zeit, als ich angebetet wurde, ein altes Rom und ein neues, und die Menschen standen verwirrt zwischen diesen beiden. Und das alte Rom war arm und klein, es war gierig, wild, und es war in vieler Hinsicht böse. Aber weil sein Geist klein war und was es tat, einfach, kannte es seinen eigenen Geist und tat seine eigene Arbeit, und die Götter hatten Mitleid mit ihm, halfen ihm, stärkten und schirmten es, denn die Götter haben Geduld mit den Kleinen. Aber dann – wie ein Bettler, der zu Pferde reitet, pochte das alte Rom auf die Gunst der Götter und sagte sich »Ach, solange wir klein sind, sind wir weder reich noch groß; um reich und groß zu werden, muß man die Armen ausrauben und die Schwachen hinmorden«. Und so raubten sie ihre eigenen Armen aus, bis sie große Meister in dieser Kunst wurden und wußten, vor welchen Gesetzen alles angemessen und ehrlich erscheinen konnte. Und als sie ihre eigenen Armen bis auf den letzten Blutstropfen ausgepreßt hatten, plünderten sie die Armen anderer Länder aus, verleibten sich deren Länder ein, und so kam ein neues Rom herauf, reich und riesig. Und ich, Ra, ich lachte, denn während sich ihre Herrschaft über die Erde ausbreitete, behielt der Geist der Römer sein altes Maß.

Nun gebt genau acht, damit ihr versteht, was ihr alsbald sehen werdet: Während die Römer noch zwischen dem alten und dem neuen Rom standen, erhob sich unter ihnen ein mächtiger Soldat: Pompeius der Große. Doch der Weg des Soldaten ist der Weg des Todes, und der Weg der Götter ist der Weg des Lebens, und deshalb ist ein Gott am Ende seines Weges klug und ein Soldat am Ende seines Weges ein Narr, und so hielt sich Pompeius an das alte Rom, in dem nur Soldaten groß werden konnten, die Götter aber wandten sich dem neuen Rom zu, in dem jeder Mann, der Verstand genug hatte, werden konnte, was er wollte. Und Cäsar, Pompeius' Freund, war auf der Seite der Götter, weil er sah, daß Rom über die kleinen alten Römer hinausgewachsen war. Dieser Cäsar war ein großer Redner, und er war ein Politiker: Er kaufte Menschen mit Worten und mit Gold, genau wie ihr gekauft werdet. Und als Worte und Gold sie nicht mehr befriedigten, und sie außerdem nach Kriegsruhm verlangten, wandte Cäsar sich in seinen mittleren Jahren auch diesem Handwerk zu. Und die, die gegen ihn gewesen waren, als er sich um ihr Wohlergehen mühte, beugten sich jetzt vor ihm, da er ein Schlächter und Eroberer wurde – so liegt es in eurer Natur, ihr Sterblichen. Und was Pompeius angeht, so wurden die Götter seiner Triumphe so müde wie seines gottähnlichen Gebarens, denn er sprach von Gesetz und Pflicht und ähnlichen Dingen, die einen bloßen Erdenwurm gar nichts angehen. Auf Cäsar aber blickten die Götter lächelnd herab, denn er lebte das Leben, das sie ihm gegeben hatten, kühn drauflos, und er dachte nicht daran, uns Götter der unanständigen Art und Weise unserer Schöpfung wegen zu tadeln, oder etwas von uns Geschaffenes zu verbergen, als müßte man sich seiner schämen. Ihr wißt schon, was ich meine, denn es ist auch eurer Sünden eine. Und so ging es aus zwischen dem alten Rom und dem neuen. Cäsar sagte: »Wenn ich das Gesetz des alten Rom nicht breche, kann ich es nicht so regieren, wie es mir zukommt, und dann wird die Gabe des Regierens, die die Götter mir geschenkt haben, ungenutzt bleiben und keine Frucht tragen.« Pompeius aber sagte: »Zuerst kommt das Gesetz, und wenn du es brichst, sollst du des Todes sterben.«

Darauf sagte Cäsar: »Ich breche das Gesetz, töte mich, wer kann.« Und er brach das Gesetz, und Pompeius setzte ihm nach, mit einer, wie ihr sagen würdet, großen Armee, um ihn zu töten und das alte Rom aufrechtzuerhalten. Und Cäsar floh über die Adria, denn die Götter da oben wollten ihm eine Lektion erteilen, genau dieselbe Lektion, die sie euch erteilen werden, wenn die Zeit dazu gekommen ist und ihr fortfahrt, sie zu vergessen und diese Niete unter den Göttern anzubeten, den Mammon. Und deshalb waren sie entschlossen, Cäsar, bevor sie ihn zum Herren der Welt machten, in den Staub zu werfen, dem Pompeius vor die Füße, und ihn vor allen Nationen mit Schande zu bedecken. Pompeius aber, seine Gesetze und seinen hochfliegenden Geist, mit dem er die Götter nachäffte, ihn machten sie größer und größer, auf daß sein Sturz um so schrecklicher sei. Pompeius verfolgte Cäsar, er kam über ihn mit der ganzen Macht und Herrlichkeit des alten Rom, er war ihm und der ganzen Welt überlegen – so wie ihr der Welt überlegen seid mit eurer Flotte, die die See dreißig Meilen im Umkreis bedeckt. Und als Cäsar zu einem vollkommenen Nichts geworden war, verzweifelte er nicht, er erhob sich noch einmal, um ehrenvoll zu sterben und sagte sich: »Gegen mich ist Pompeius, das alte Rom, das Gesetz und die Legionen: alle und alles gegen mich, aber über allem sind die Götter, und Pompeius ist ein Narr.« Und die Götter lachten und gaben ihm recht, und in der Schlacht von Pharsalia geschah das Unmögliche. Blut und Eisen, auf die ihr euer ganzes Vertrauen setzt, unterlagen dem Geist des Menschen, denn der Geist des Menschen ist der Wille der Götter, und Pompeius' ganze Macht zerfiel in seiner Hand, so wie die Macht des kaiserlichen Spanien zerfiel, als es gegen eure Väter stand in den Tagen, da England klein war und noch seinen eigenen Willen kannte, ja auch einen Willen hatte, den es kennen konnte – statt einer hohen Auflage von Zeitungen. Gebt also acht, damit nicht kleine Völker, die ihr zu unterdrücken gewohnt seid, in der Hand Gottes zur Geißel eurer Prahlerei, eurer Ungerechtigkeit, eurer Lüste und Dummheiten werden.

Und jetzt wollt ihr wissen, wie Pompeius endete, oder wollt ihr schlafen, während ein Gott zu euch spricht? Merkt euch gut, was ich zu sagen habe: Pompeius ging dorthin, wohin auch ihr gegangen seid, nämlich nach Ägypten, das von den Römern besetzt war, wie es jetzt von den Briten besetzt ist. Cäsar verfolgte Pompeius nach Ägypten, ein Römer auf der Flucht, der andere hinter ihm her: ein Hund hetzt den anderen. Und die Ägypter sagten: »Seht euch das an: Diese Römer, die unseren Königen Geld geliehen und uns mit Waffengewalt große Abgaben aufgezwungen haben, immer verlangen sie von uns, ihnen treu zu sein und unser eigenes Land an sie zu verraten. Aber es gibt nicht nur ein Rom, sondern zwei: das Rom des Pompeius und das Rom Cäsars. Welchem Rom sollen wir nun Treue vorspiegeln, dem einen oder dem anderen?« Da wandten sie sich in ihrer Verwirrung an einen Soldaten, der einst dem Pompeius gedient hatte, der Roms Machenschaften kannte und voll war von seiner Verdorbenheit, und sie sagten zu ihm: »Siehe, in deinem Land hetzt ein Hund den anderen, und beide Hunde sind unterwegs, uns zu hetzen, welchen Rat wollt Ihr uns geben?« Und dieser Soldat, der Lucius Septimius hieß und den ihr bald leibhaftig sehen werdet, antwortete: »Ihr solltet sorgfältig prüfen, wer von beiden der stärkere Hund ist, und dann sollt ihr diesem Hund zuliebe den anderen töten, um euch den stärkeren gnädig zu stimmen.« Die Ägypter antworteten: »Der Rat ist brauchbar, aber wenn wir einen Menschen ungesetzlicherweise töten, setzen wir uns an die Stelle der Götter, und das wagen wir nicht. Aber Ihr als Römer seid diese Art zu töten gewohnt, denn Ihr habt Herrscherinstinkte. Wollt Ihr also den schwächeren Hund für uns umbringen?« Und er antwortete: »Ja, das will ich, denn ich betrachte Ägypten als meine Heimat, und möchte gern unter euch Achtung und Einfluß gewinnen.« Und sie antworteten: »Wir wissen sehr wohl, Ihr tut es nicht umsonst: Euren Lohn werdet Ihr erhalten.« Da kam nun Pompeius an, allein in einer kleinen Galeere und setzte sein ganzes Vertrauen ins Gesetz und in die Verfassung. Und es war für das ägyptische Volk offenbar, daß er nur noch ein sehr kleiner Hund war. Und als er seinen Fuß auf das Land setzte, wurde er von seinem alten Kameraden Lucius Septimius begrüßt, der ihm mit der einen Hand Willkommen bot und mit der anderen Hand den Kopf abschlug. Den bewahrte er auf wie einen gepökelten Kohlkopf, um ihn Cäsar zum Geschenk zu machen. Und die Menschheit schauderte, die Götter aber lachten, denn Septimius war nur ein Messer, das Pompeius selbst geschliffen hatte, und als sich dieses Messer ihm selbst an die Kehle setzte, sagten sie, Pompeius hätte besser daran getan, Septimius zu einem Pflüger auszubilden als zu einem so kühnen und geschickten Mörder. Drum bitte ich erneut: Hütet euch, ihr da, die ihr alle Pompeiusse wärt, wenn ihr den Mut dazu hättet! Denn der Krieg ist ein Wolf, der eines Tages an eure eigene Tür kommen kann.

Verliert ihr die Geduld mit mir? Wartet ihr gierig auf die Geschichte von der unkeuschen Frau? Hat der Name Cleopatra euch hierher gelockt? Ihr Narren. Cleopatra ist nur ein Kind, das noch von seiner Amme Prügel bekommt. Und was ich euch zum Heil eurer Seelen jetzt zeigen werde, ist – wie Cäsar in Ägypten den Pompeius suchte, aber Cleopatra fand, und wie er das Geschenk aufnahm, diesen eingepökelten Kohlkopf, der einmal Pompeius' Haupt gewesen war; und ich werde euch zeigen, was zwischen dem alten Cäsar geschah und der Königin, die noch ein Kind war, bevor Cäsar Ägypten verließ, sich seinen Weg nach Rom zurück erkämpfte, um dort ermordet zu werden, wie Pompeius ermordet worden war, ermordet zu werden von Männern, in denen der Geist des Pompeius noch lebte. Das alles werdet ihr sehen, und ihr werdet euch auf eure unwissende Art darüber wundern, daß die Menschen vor zwanzig Jahrhunderten genau so waren, wie ihr seid, daß sie sprachen und lebten, wie ihr sprecht und lebt, nicht schlimmer, nicht besser, nicht klüger, nicht dümmer. Und die zweitausend Jahre, die vergangen sind, sind für mich, den Gott Ra, nur ein Augenblick, und dieser Tag heute unterscheidet sich nicht von dem Tag, an dem Cäsar das Land meines Volkes zum ersten Mal betrat. Und jetzt verlasse ich euch, denn ihr seid eine langweilige Gesellschaft, und es ist Zeitverschwendung, euch etwas beibringen zu wollen; ich hätte nicht so lange zu euch gesprochen, läge es nicht in der Natur eines Gottes, immer wieder mit dem Staub und der Finsternis zu kämpfen und durch die Kraft seiner Sehnsucht nach dem Göttlichen mehr Leben und mehr Licht aus dem Dunkel hervorzuholen. Setzt euch in euren Sitzen zurecht, und verhaltet euch still, denn ihr werdet jetzt einen großen Menschen hören, groß nach den Maßstäben, mit denen ihr Größe meßt. Und fürchtet nicht, daß ich noch einmal zu euch sprechen werde: den Rest der Geschichte müßt ihr von denen erfahren, die sie erlebt haben. Lebt wohl und wagt nicht, mir Beifall zu spenden.

Der Tempel verschwindet in vollkommener Dunkelheit.
[1912]

Alternative zum Prolog

Ein Oktoberabend an der Grenze zwischen Ägypten und Syrien gegen Ende der dreiunddreißigsten Dynastie, im Jahr 706 römischer Zeitrechnung, später nach christlicher Zeitrechnung als das Jahr 48 vor Christi Geburt bezeichnet. Im Osten kommt ein großes silbernes Leuchten herauf, die Dämmerung einer mondhellen Nacht. Die Sterne und der wolkenlose Himmel sind unsere eigenen Zeitgenossen, neunzehn Jahrhunderte und ein halbes jünger als wir sie kennen, doch ihrem Aussehen würde man das nicht anmerken. Unter den Sternen und dem wolkenlosen Himmel zwei deutliche Hindernisse für den Fortschritt: ein Palast und Soldaten. Der Palast, ein altes, niedriges Gebäude syrischen Stils aus weißgekalktem Lehm, ist nicht so häßlich wie der Buckingham Palast, und die Offiziere im Hof stehen auf einer höheren Kulturstufe als zeitgenössische englische Offiziere: sie graben zum Beispiel nicht die Körper ihrer toten Feinde wieder aus, um sie zu verstümmeln, wie wir Cromwell und den Mahdi ausgegraben haben.

Die Offiziere bilden zwei Gruppen: eine verfolgt aufmerksam das Spiel ihres Hauptmanns Belzanor, eines Kriegers von fünfzig Jahren, der gebückt dahockt, seinen Speer auf dem Boden neben seinen Knien, und mit einem schlau wirkenden persischen Rekruten würfelt. Die andere Gruppe steht um einen Gardisten herum, der gerade einen unanständigen Witz (der immer noch in englischen Kasernen die Runde macht) zu Ende erzählt hat, und über den alle schallend lachen. Es sind ungefähr ein Dutzend Gardisten, alle aus dem ägyptischen Hochadel, ausgestattet mit glänzenden Waffen und Rüstungen, sehr unenglisch, insofern sie sich weder ihrer Berufskleidung schämen noch sich unwohl darin fühlen; im Gegenteil, sie benehmen sich auf eine ziemlich ostentative und arrogante Weise kriegerisch,

als wären sie sich ihrer Wichtigkeit als Kriegerkaste durchaus bewußt.
Belzanor ist der typische langgediente Veteran, zäh und starrköpfig, zuverlässig, fähig und geschickt, wenn Rohheit und Kraft ausreichen, hilflos und jungenhaft, wenn sie nicht ausreichen: ein tüchtiger Feldwebel, ein unfähiger General, ein beklagenswert schlechter Diktator. In einem modernen europäischen Staat würde er, hätte er einflußreiche Verbindungen, auf Grund seiner großen Fähigkeiten im erstgenannten Bereich in den beiden letztgenannten beschäftigt. Wenn man die Tatsache bedenkt, daß Cäsar gerade in diesem Augenblick in Ägypten einmarschiert, müßte man fast Mitleid mit Belzanor haben. Da er das aber nicht weiß, ist er ganz auf das Spiel mit dem Perser konzentriert, den er, als Ausländer, durchaus für fähig hält, ihn zu betrügen. Belzanors Untergebene sind fast alle hübsche junge Burschen, deren Interesse am Würfelspiel und dem Witz mit hinreichender Vollständigkeit die Lebensinhalte kennzeichnet, die sie kennen. Ihre Speere sind entweder gegen die Mauer gelehnt oder liegen griffbereit auf dem Boden. Die Ecke des Hofes bildet einen Winkel, dessen einer Schenkel die Front des Palastes mit einem Eingang, dessen anderen Schenkel die Mauer mit einem Tor bildet. Die Witzeerzähler stehen am Palast, die Spieler am Tor. Nahe am Tor, dicht an der Mauer, liegt ein Steinquader, so hoch, daß der nubische Posten, der darauf steht, über die Mauer blicken kann. Sobald das Lachen der Witzeerzähler leise wird, nimmt der Perser, der die Runde gewonnen hat, den Einsatz vom Boden auf.

BELZANOR Beim Apis, Perser, deine Götter sind dir günstig gesonnen.
PERSER Versuchs noch einmal, Hauptmann. Verdoppele oder gib auf.
BELZANOR Nein, ich höre auf. Ich habe heute kein Glück.

DER POSTEN *blickt über die Mauer und hebt seinen Speer:* Halt. Wer da?

Alle blicken auf und horchen. Eine fremde Stimme antwortet von draußen.

STIMME Einer, der schlimme Nachricht bringt.

BELZANOR *zum Posten:* Laß ihn durch.

DER POSTEN *senkt seinen Speer:* Komm näher, du Überbringer schlimmer Nachrichten.

BELZANOR *steckt die Würfel in die Tasche und nimmt seinen Speer auf:* Wir wollen diesen Mann empfangen, wie es ihm gebührt. Er bringt schlimme Nachricht.

Die Gardisten ergreifen ihre Speere, stellen sich vor dem Tor auf, eine Gasse für den Ankömmling freilassend.

PERSER *erhebt sich von den Knien:* Sind schlechte Nachrichten denn solcher Ehren wert?

BELZANOR Laß dich belehren, du persischer Barbar. In Ägypten wird einer, der gute Nachrichten überbringt, den Göttern als Dankopfer dargebracht, das Blut eines Unglücksboten aber würde kein Gott annehmen. Wenn wir gute Nachrichten zu überbringen haben, so suchen wir sorgfältig den billigsten Sklaven aus, den wir auftreiben können, und legen sie ihm in den Mund. Schlimme Nachrichten werden von jungen Adligen überbracht, die sich auszuzeichnen wünschen.

Sie stellen sich zu den anderen ans Gatter.

POSTEN Tritt ein, junger Hauptmann, und neige dein Haupt im Hause der Königin.

STIMME Geh und schmiere deinen Speer mit Schweinefett ein, du schwarzer Mohr. Bevor der Morgen graut, werden die Römer dich zwingen, ihn bis auf den letzten Stummel aufzufressen.

Der zu der Stimme gehörende Mensch, ein hellhaariger Dandy, anders als die Posten bekleidet, doch nicht weniger prunkvoll, kommt lachend durchs Tor. Er sieht irgendwie nach Feindberührung aus, sein linker Unterarm ist verbunden, der Verband ist unter einem zerfetzten Ärmel zu se-

hen. In der rechten Hand hält er ein römisches Schwert mit Scheide. Er taumelt in den Hof hinein, der Perser rechts, Belzanor links, die Gardisten hinter ihm.

BELZANOR Wer seid Ihr, der es wagt, im Hause der Königin Cleopatra zu lachen, mir, dem Hauptmann ihrer Wache, Belzanor, mitten ins Gesicht?

DER NEUANKÖMMLING Ich bin Bel Affris, ein Abkömmling der Götter.

BELZANOR *feierlich:* Heil dir, Vetter.

ALLE *außer dem Perser:* Heil dir, Vetter.

PERSER O Fremder, alle in der Garde der Königin stammen von Göttern ab. Nur ich nicht, ich bin ein Perser, Nachfahre vieler Könige.

BEL AFFRIS *zu den Gardisten:* Heil, Vettern. *Zum Perser, herablassend:* Heil, Sterblicher.

BELZANOR Du hast an der Schlacht teilgenommen, Bel Affris, du bist Soldat unter Soldaten, du wirst doch nicht den Hofdamen der Königin deine Nachricht überbringen, ehe wir sie hören.

BEL AFFRIS Ich habe nichts mitzuteilen, außer daß man uns allen bald die Kehle durchschneiden wird, den Frauen, Soldaten und allen übrigen.

PERSER *zu Belzanor:* Ich habs dir ja gesagt.

DER POSTEN *der zugehört hat:* O weh, wir sind verloren.

BEL AFFRIS *ruft ihm zu:* Ruhe, beruhige dich, armer Äthiopier, das Schicksal liegt in der Hand der Götter, die dich schwarz angemalt haben. *Zu Belzanor:* Was hat dieser Sterbliche dir erzählt?

BELZANOR Er sagt, der Römer Julius Cäsar, der mit einer Handvoll Anhängern bei uns gelandet ist, wird sich zum Herrn über Ägypten machen. Er hat Angst vor dem römischen Soldaten. *Die Gardisten lachen geräuschvoll und spöttisch.* Den Bauernlümmeln, die nichts gelernt haben, als Krähen zu verscheuchen und hinterm Pflug herzulaufen, den Söhnen von Schmieden, Müllern und Gerbern! Wir aber, wir sind Adlige, wir sind den Waffen geweiht und stammen von den Göttern ab.

PERSER Belzanor, die Götter sind nicht immer nett zu ihren armen Verwandten.

BELZANOR *heftig, zu dem Perser:* Sag's offen, meinst du, wir sind schlechter als Cäsars Sklaven?

BEL AFFRIS *stellt sich zwischen sie:* Ruhig, Vetter. Ungelogen: Verglichen mit den Römern sind wir Ägypter Götter.

DIE GARDISTEN *triumphierend:* Aha!

BEL AFFRIS Aber dieser Cäsar stellt nicht Mann gegen Mann: Er wirft eine Legion dorthin, wo du am schwächsten bist, als würde er einen Stein mit dem Katapult schleudern, und diese Legion ist wie ein Mann mit nur einem Kopf, aber tausend Armen und ohne jede Religion. Ich hab gegen sie gekämpft, ich weiß es.

BELZANOR *höhnisch:* Hast du Angst gehabt, Vetter?

Die Gardisten lachen dröhnend, mit funkelnden Augen, stolz auf die Schlagfertigkeit ihres Hauptmanns.

BEL AFFRIS Nein, Vetter, Angst hatte ich nicht, aber ich wurde geschlagen. Sie hatten Angst – aber sie bliesen uns auseinander wie Spreu.

Die Gardisten, sehr gedämpft, murren mit verächtlichem Abscheu.

BELZANOR Konntest du nicht sterben?

BEL AFFRIS Nein, das wäre zu einfach gewesen, und eines Abkömmlings der Götter nicht würdig. Im übrigen hatte ich gar keine Zeit dazu, alles war in einem Augenblick vorüber. Der Angriff erfolgte genau da, wo wir ihn am wenigsten erwartet hatten.

BELZANOR Das beweist, daß die Römer Feiglinge sind.

BEL AFFRIS Diese Römer machen sich nichts daraus, für feige gehalten zu werden. Sie kämpfen, um zu siegen. Kriegerehre und Kriegerstolz bedeuten ihnen nichts.

PERSER Erzähl uns, wie die Schlacht verlief. Wie ging es her?

DIE GARDISTEN *Bel Affris eifrig umringend:* Ja, erzähl uns, wie die Schlacht lief.

BEL AFFRIS Wisset denn, daß ich ein Neuling bin bei der

Tempelwache des Ra in Memphis; ich diene weder Cleopatra noch ihrem Bruder Ptolemäus, sondern nur den hohen Göttern selbst. Wir zogen zu Ptolemäus, um ihn zu fragen, warum er Cleopatra nach Syrien vertrieben hatte, und wie wir Ägypter es mit dem Römer Pompeius halten sollten, der gerade an unsere Küsten gekommen war, nachdem Cäsar ihn bei Pharsalia besiegt hatte. Und was denkt ihr, haben wir erfahren? Daß auch Cäsar, seinem Feinde auf dem Fuß folgend, unterwegs ist, daß Ptolemäus Pompeius ermordet hat, sein abgetrenntes Haupt bereithält, es dem Eroberer darzubringen. *Erregung unter den Gardisten.* Nein, schlimmer noch: Wir fanden heraus, daß Cäsar schon gelandet war; denn kaum hatten wir die Hälfte des Rückwegs hinter uns, da stießen wir auf Stadtpöbel, der ausgezogen war, sich der Landung zu widersetzen, jetzt aber vor den Legionen floh.

BELZANOR Und ihr, von der Tempelwache – habt ihr den Legionen nicht Widerstand geleistet?

BEL AFFRIS Was menschenmöglich war, haben wir getan. Aber dann kam das Dröhnen einer Trompete, und es klang, wie wenn ein großer schwarzer Berg zu fluchen beginnt, und wir sahen eine ganze Mauer von Schilden auf uns zukommen. Ihr wißt, wie das Herz heiß wird, wenn man eine befestigte Mauer angreift – aber was, wenn die befestigte Mauer dich angreift?

PERSER *triumphierend, weil er recht behalten hat:* Hab ich's euch nicht gesagt?

BEL AFFRIS Und als die Mauer näher kam, verwandelte sie sich in eine Reihe von Soldaten – gewöhnlich genug sahen sie aus, diese Kerle, mit Helmen, Lederkollern und Brustschilden, und jeder einzelne von ihnen schleuderte seinen Speer: der, der auf mich zuflog, durchschlug meinen Schild, als wär's Papier – seht hier – *er zeigt auf den Verband an seinem linken Unterarm* –, und hätte ich mich nicht gebückt, er hätte meinen Hals durchbohrt. Dann verdoppelten sie ihren Angriff, und kaum hatten sie ihre

Speere geschleudert, da waren sie schon mit ihren kurzen Schwertern über uns. Wenn einer mit so einem Schwert nahe an dich rankommt, kannst du mit unseren Waffen nichts mehr machen: sie sind alle zu lang.

PERSER Und was hast du gemacht?

BEL AFFRIS Ich ballte die Faust und schlug meinem Römer eins aufs Kinn. Und siehe da, auch er war nur sterblich: betäubt fiel er hin, und ich nahm sein Schwert und erledigte ihn. *Zieht das Schwert.* Seht! ein römisches Schwert mit Römerblut.

DIE GARDISTEN *Beifall spendend:* Gut gemacht! *Sie nehmen das Schwert, das von Hand zu Hand geht und neugierig gemustert wird.*

PERSER Und deine Leute?

BEL AFFRIS Geflohen. Zerstreut wie Schafe.

BELZANOR *wütend:* Diese feigen Sklaven! Ließen die Abkömmlinge der Götter im Stich, damit man sie abschlachtet.

BEL AFFRIS *kalt und scharf:* Die Abkömmlinge der Götter blieben gar nicht, um sich abschlachten zu lassen, Vetter. Die Schlacht gewannen nicht die Starken, das Rennen gewannen die Schnellen. Die Römer, die keine Karren haben, schickten eine wahre Wolke von Reitern hinter uns her und erschlugen ganze Scharen. Da versammelte der Hauptmann unseres Hohen Priesters ein Dutzend Abkömmlinge der Götter um sich und ermahnte sie, kämpfend zu sterben. Ich sagte mir: Bestimmt ist es besser, stehen zu bleiben, als atemlos zu rennen und von hinten erstochen zu werden. Ich blieb also stehen und gesellte mich zu unserem Hauptmann. Da behandelten uns die Römer mit Respekt, denn kein Mann greift einen Löwen an, wenn das Feld voller Schafe ist, es sei denn, es ginge um Kriegsruhm und Kriegerehre, aber davon halten die Römer ja nichts. So kamen wir mit dem Leben davon, und ich bin jetzt hier, euch zu warnen. Ihr müßt Cäsar die Tore öffnen, seine Vorhut ist knapp eine Stunde hinter mir, und zwischen euch und seinen Legionen steht nicht ein einziger ägyptischer Krieger.

DER POSTEN O weh, wir sind verloren. *Er wirft seinen Speer hin und flieht in den Palast.*

BELZANOR Rasch, spießt ihn ans Tor. *Die Gardisten rennen mit ihren Speeren hinter ihm her, aber er ist schneller als sie.* Jetzt läuft die Nachricht durch den Palast wie Feuer durch ein Stoppelfeld.

BEL AFFRIS Was sollen wir tun, um die Frauen vor den Römern zu retten?

BELZANOR Warum nicht sie umbringen?

PERSER Dann müssen wir für einige von ihnen Blutgeld zahlen. Laß lieber die Römer sie umbringen: es ist billiger.

BELZANOR *überwältigt von des Persers Schlauheit:* Oh, du Schlauer, du Schlange.

BEL AFFRIS Und eure Königin?

BELZANOR Natürlich, Cleopatra müssen wir wegbringen.

BEL AFFRIS Wollt ihr nicht ihren Befehl abwarten?

BELZANOR Ein sechzehnjähriges Mädchen! Und uns befehlen! In Memphis haltet ihr sie für eine Königin, hier wissen wir es besser. Ich werde sie auf der Kruppe meines Pferdes mitnehmen, und sobald wir Soldaten sie aus Cäsars Reichweite gebracht haben, können die Priester, die Ammen und alle übrigen wieder so tun, als sei sie die Königin, und ihr Befehle in den Mund legen.

PERSER Hör, Belzanor.

BELZANOR Sprich, du, der du klüger bist als deine Jahre.

PERSER Cleopatra steht im Krieg mit ihrem Bruder Ptolemäus. Wir sollten sie an ihn verkaufen.

DIE GARDISTEN Oh, du Schlauer, du Schlange.

BELZANOR Das können wir nicht wagen. Wir sind zwar Abkömmlinge der Götter, aber Cleopatra stammt vom Nil ab, und das Land unserer Väter wird kein Getreide hervorbringen, wenn der Nil nicht über die Ufer steigt. Ohne das, was unsere Väter uns vermacht haben, werden wir leben wie die Hunde.

PERSER Das stimmt, von ihrem Sold kann die Garde der Königin nicht leben. Aber hört, was ich noch zu sagen habe, ihr aus der Sippschaft des Osiris.

DIE GARDISTEN Sprich, du Schlauer, du. Hört auf ihn, den die Schlange gezeugt hat!

PERSER Habe ich nun die Wahrheit gesagt, als ich euch von Cäsar erzählte, und habt ihr nicht gedacht, ich verspotte euch?

GARDISTEN Er hat recht, er hat recht.

BELZANOR *gibt es zögernd zu:* Bel Affris hat es bestätigt.

PERSER Dann hört also mehr über ihn. Dieser Cäsar ist ein großer Frauenfreund. Er macht sie zu seinen Freundinnen und Beratern.

BELZANOR Pah! Diese Weiberherrschaft wird Ägypten zugrunde richten.

PERSER Wäre es nicht besser, wenn sie Rom zugrunde richtete? Cäsar wird langsam alt, er ist über fünfzig, hat viel Mühsal und viele Schlachten hinter sich. Für die jungen Frauen ist er zu alt, und die alten Frauen sind zu klug, ihn zu verehren.

BEL AFFRIS Nimm dich in acht, Perser. Cäsar ist schon fast in Hörweite.

PERSER Cleopatra ist noch keine richtige Frau, auch ist sie nicht klug. Aber Männer um ihren Verstand bringen, das kann sie schon.

BELZANOR Natürlich kann sie das, weil sie vom Nil abstammt und von einer schwarzen Katze, deren Mutter die heilige weiße Katze war. Was weiter?

PERSER Warum sie also nicht heimlich an Ptolemäus verkaufen? Dann bieten wir uns selbst Cäsar als Freiwillige an, um ihren Bruder zu besiegen und die Ur-Urenkelin des Nil zu befreien!

DIE GARDISTEN O Schlange du!

PERSER Er wird auf uns hören, wenn wir zu ihm kommen und ihm Cleopatra in Worten schildern. Er wird ihren Bruder besiegen und töten, wird mit Cleopatra als Königin in Ägypten regieren, und wir werden ihre Leibwache sein.

BEL AFFRIS Er wird hier sein, bevor du mit deinem Gerede zu Ende bist, du Wortgaukler.

BELZANOR Wahrscheinlich. *Er wird durch erschrecktes Geschrei und Getümmel im Innern des Palastes unterbrochen.* Rasch! Die Flucht hat schon begonnen. Bewacht den Eingang. *Sie rennen zum Eingang des Palastes und bilden mit ihren Speeren einen Kordon davor. Dienerinnen und Ammen strömen heraus. Die vordere Reihe schreckt vor den Speeren zurück, schreit den rückwärtigen zu, nicht zu drängen. Belzanors Stimme übertönt die geräuschvolle Verwirrung:* Zurück! Hinein mit euch, ihr nutzloses Vieh!

DIE WÄCHTER Zurück, nutzloses Viehzeug.

BELZANOR Schickt uns Ftatateeta heraus, die oberste Amme der Königin.

FRAUEN *rufen ins Innere des Palastes:* Ftatateeta, Ftatateeta. Komm, komm, Belzanor will mit dir sprechen.

EINE FRAUENSTIMME Oh, drängt nicht so. Ihr drückt mich gegen die Speerspitzen.

Eine riesige grimmige Frau erscheint auf der Schwelle; ihr Gesicht ist bedeckt mit einem Flechtwerk feiner Runzeln, ihre Augen sind groß, alt und klug; sie hat sehnige Hände, ist sehr groß und sehr stark, hat einen Mund wie ein Bluthund und Backenknochen wie eine Bulldogge. Sie ist gekleidet wie eine Person, die im Palast einen hohen Rang genießt. Ungnädig stellt sie sich den Gardisten gegenüber.

FTATATEETA Platz da für die oberste Amme der Königin!

BELZANOR *mit würdigem Stolz:* Ftatateeta, ich bin Belzanor, Hauptmann der königlichen Garde und ein Abkömmling der Götter.

FTATATEETA *zahlt seine Arroganz mit Zinsen zurück:* Und ich bin Ftatateeta, Belzanor, die oberste Amme der Königin, und deine göttlichen Vorfahren wären stolz darauf gewesen, in den Pyramiden der Könige, denen meine Väter gedient haben, an die Wand gemalt zu sein.

Die Frauen lachen triumphierend.

BELZANOR *mit grimmigem Humor:* Ftatateeta, du Tochter eines langzüngigen, schieläugigen Chamäleons, die Römer sind da. *Schreckensschreie von den Frauen. Wären die Speere nicht, sie würden fliehen.* Und nicht einmal die Abkömmlinge der Götter können sie noch aufhalten, denn jeder Römer hat sieben Arme und an jedem Arm sieben Speere. Sie haben kein Blut in den Adern, sondern siedendes Quecksilber, ihre Frauen kommen nicht nach neun Monaten, sondern nach drei Stunden nieder, und am Tag darauf werden sie geschlachtet und aufgefressen.

Die Frauen schaudern vor Entsetzen. Ftatateeta bahnt sich, der Soldaten spottend, mit verächtlicher Miene einen Weg durch die Menge, bleibt unbeeindruckt vor den Speeren stehen.

FTATATEETA Dann flieht doch und rettet euch, ihr feigen Abkömmlinge der billigen Lehmgötter, wie man sie an Fischträger verkauft – und laßt uns für uns selber sorgen.

BELZANOR Nicht, bevor du uns unseren Wunsch erfüllt hast, du Schrecken aller Männer. Bring uns zuerst Cleopatra, die Königin, heraus – dann gehe, wohin du willst.

FTATATEETA *mit höhnischem Lachen:* Jetzt weiß ich, warum die Götter sie euch entzogen haben. *Die Gardisten werden aufmerksam, blicken einander an.* Wißt also, ihr dummen Soldaten, daß die Königin eine Stunde nach Sonnenuntergang verschwunden ist.

BELZANOR *wütend:* Du Hexe du, du hast sie versteckt, um sie Cäsar oder ihrem Bruder zu verkaufen. *Er faßt sie am linken Handgelenk und zerrt sie, von einigen der Gardisten unterstützt, in die Mitte des Hofes; während sie auf die Knie gezwungen wird, zieht er ein mörderisch aussehendes Messer.* Wo ist sie? Sag, wo sie ist, oder? *Er setzt ihr das Messer an die Kehle.*

FTATATEETA *wild:* Wag es nur, mich anzurühren, du Hund, und der Nil wird nicht über die Ufer treten und deine Felder siebenmal sieben Hungerjahre lang nicht bewässern.

BELZANOR *erschrocken, doch mit verzweifeltem Mut:* Ich will ein Opfer bringen, ich will bezahlen. Oder bleiben. *Zum Perser:* Du, Schlauer, du, deines Vaters Felder liegen weit vom Nil entfernt. Bring du sie um.

PERSER *bedroht sie mit seinem Messer:* Persien hat nur einen Gott, und der liebt das Blut alter Frauen. Sag mir, wo Cleopatra ist.

FTATATEETA So wahr Osiris lebt, Perser, ich weiß es nicht. Ich schalt sie, daß sie uns Unheil bringen würde; sie trug die heiligen Katzen der Priester mit sich herum und sprach mit ihnen. Ich sagte ihr, als Strafe für ihren Ungehorsam würde sie allein zurückgelassen werden, wenn die Römer kämen. Und jetzt ist sie weg – weggelaufen, hat sich versteckt. Ich sage die Wahrheit. Ich rufe Osiris zum Zeugen.

DIE FRAUEN *eifrig beipflichtend:* Es ist wahr, was sie sagt, Belzanor.

BELZANOR Du hast das Kind erschreckt, und jetzt versteckt es sich. Sucht sie – los – in den Palast, durchstöbert alle Ecken!

Die Gardisten, von Belzanor angeführt, drängen sich durch die fliehende Menge hindurch in den Palast; die Frauen entkommen durch das Hoftor.

FTATATEETA Schande! Männer in den Gemächern der Königin – Schändung! *Ihre Stimme erstirbt, als der Perser ihr das Messer an die Kehle setzt.*

BEL AFRIS *legt eine Hand auf Ftatateetas linke Schulter:* Schone sie noch einen Augenblick, Perser. *Zu Ftatateeta, sehr nachdrücklich:* Mutter, deine Götter schlafen oder sind unterwegs auf der Jagd, und das Messer sitzt dir an der Kehle. Bring uns dorthin, wo die Königin ist und du sollst leben.

FTATATEETA *verächtlich:* Wer würde sich dem Schwert in der Hand eines Verrückten widersetzen, wenn die hohen Götter es hineingelegt haben? Hört mich, ihr jungen Männer, die ihr nichts versteht. Cleopatra fürchtet mich, aber die Römer fürchtet sie noch mehr. In ihren Augen ist nur eine

Macht größer als der Zorn der Königinamme und größer als Cäsars Grausamkeit, und das ist die Macht der Sphinx, die in der Wüste sitzt und den Zugang zur See bewacht. Was sie ihr mitteilen will, das sagt sie den heiligen Katzen ins Ohr, und an ihrem Geburtstag opfert sie der Sphinx und bedeckt sie mit Mohnblüten. Geht also in die Wüste und sucht Cleopatra im Schatten der Sphinx, und bürgt mir mit eurem Kopf dafür, daß ihr nichts geschieht.

BEL AFFRIS *zum Perser:* Sollen wir das glauben, du Schlauer du?

PERSER Welchen Weg kommen die Römer?

BEL AFFRIS Durch die Wüste, von der See her, genau an der Sphinx vorüber.

PERSER *zu Ftatateeta:* O du Urgroßmutter aller Arglist! O Giftzunge! Diese Geschichte hast du dir ausgedacht, damit wir in die Wüste gehen und auf den Speeren der Römer verrecken. *Hebt sein Messer.* Schmecke also den Tod!

FTATATEETA Nicht von dir, Säugling. *Sie faßt ihn am Fußgelenk, reißt ihn um, flieht gebückt die Palastmauer entlang und verschwindet in der Dunkelheit, die diese umgibt. Bel Affris brüllt vor Lachen, als der Perser hinfällt. Die Gardisten kommen mit Belzanor aus dem Palast herausgestürzt, inmitten einer Menge von Flüchtigen, von denen die meisten Bündel mit sich schleppen.*

PERSER Habt ihr Cleopatra gefunden?

BELZANOR Sie ist weg. Wir haben jede Ecke durchsucht.

DER NUBISCHE POSTEN *erscheint in der Palasttür:* Weh, wir sind verloren, flieht, flieht!

BELZANOR Was ist denn jetzt schon wieder los?

DER NUBISCHE POSTEN Die heilige weiße Katze ist gestohlen worden.

ALLE Weh, o weh, wir sind verloren!

Allgemeine Panik. Alle fliehen mit Schreien der Bestürzung. Die Fackel wird heruntergerissen und verlöscht im Durcheinander. Der Lärm der Fliehenden stirbt langsam ab, Dunkelheit und vollkommene Stille.

Erster Akt

Die gleiche Dunkelheit, in die der Ra-Tempel und der syrische Palast sich aufgelöst haben. Die gleiche gespannte Stille. Dann lösen sich Dunkelheit und Stille in weichen silbrigen Nebel auf, und eine merkwürdige Luftbewegung entsteht, als beginne beim Aufgang des Mondes die Windharfe des Memnon zu spielen. Der Mond geht voll über der Wüste auf, ein weiter Horizont tritt deutlich hervor, er wird durch eine riesige Silhouette unterbrochen, die sich in der ausbreitenden Helligkeit bald als Sphinx auf ihrem Podest im Wüstensand erweist. Das Licht wird noch heller, bis man die erhobenen Augen des Standbildes erkennen kann, die in unendlicher furchtloser Wachsamkeit starr nach vorne und oben gerichtet sind; zwischen den großen Pranken der Sphinx ein Farbklecks, der sich als ein Häufchen Mohnblüten erweist, auf denen ein Mädchen liegt, bewegungslos, ihr seidenes Kleid hebt und senkt sich sanft und regelmäßig im Atmen einer traumlos Schlafenden; in einem Strahl Mondlicht glänzt ihr geflochtenes Haar wie die Schwinge eines Vogels.
Plötzlich hört man aus der Ferne einen auf unbestimmbare Weise furchterregenden Klang (es könnte das durch große Entfernung geschwächte Gebrüll eines Minotaurus sein). Die Windharfe verstummt. Stille, dann ein paar matte, sehr hohe Trompetentöne, wieder Stille, und ein Mann kommt mit behutsamen Schritten aus südlicher Richtung, er ist hingerissen vom Geheimnis dieser Nacht, voll Staunen, bleibt, in Betrachtung versunken, der linken Pranke der Sphinx gegenüber stehen; deren Brust und die Fracht, die sie trägt, sind durch ihre massive Schulter seinen Blikken verborgen.

DER MANN Heil dir, Sphinx, Julius Cäsar grüßt dich! Durch viele Länder bin ich gezogen, ich suchte die verlorenen

Gefilde, aus denen man mich vertrieb, als ich in diese Welt geboren wurde, und ich suchte die Gesellschaft von Geschöpfen meiner Art. Herden habe ich gefunden und Weiden, Menschen und Städte, aber keinen zweiten Cäsar, keine heimatliche Atemluft, keinen Menschen mir verwandt, keinen, der mein Tagwerk tun, die Gedanken meiner Nächte denken könnte. Sphinx, in der kleinen Welt dort hinten ist mein Platz so hoch wie deiner hier in der großen Wüste; nur, ich ziehe umher, und du bleibst auf der Stelle; ich erobere, und du hältst stand; ich wirke und wundere mich, du bist wachsam und wartest; ich blicke auf und bin geblendet, ich blicke nieder und mir wird dunkel vor den Augen, ich sehe mich um und bin verwirrt, während du niemals die Augen bewegst; immer schaust du hinaus – aus der Welt hinaus – in die verlorenen Gefilde – unsere Heimat, aus der wir uns hierher verirrt haben. Sphinx, du und ich, wir sind den Menschen fremd, doch einander sind wir nicht fremd: Habe ich nicht seit meiner Geburt von dir und diesem Ort hier gewußt? Meine Wirklichkeit, das ist Rom, der Traum eines Wahnsinnigen. Die Sterne da oben, deine großen Leuchten, habe ich aus weiter Ferne gesehen, in Gallien und Britannien, in Spanien und Thessalien; an irgendeinen ewigen Wachtposten hienieden, dessen Standort ich nie finden konnte, signalisierten sie große Geheimnisse. Und hier nun habe ich endlich den Wachtposten gefunden – ein Abbild jenes Teils meines Lebens, der bleibt und unsterblich ist, schweigsam, gedankenvoll, allein in der silbernen Wüste. Sphinx, o Sphinx, ich bin nachts auf Berge gestiegen, in der Ferne den leisen Tritt der Winde zu hören, die hier in deinem Sand verbotene Spiele spielen – o Sphinx, unsere unsichtbaren Kinder wispern und lachen. Mein Weg hierher war vom Schicksal bestimmt, denn ich bin der, für dessen Genius du Sinnbild bist: zu gleichen Teilen Tier, Weib und Gott – nichts, gar nichts vom Menschen in mir. Hab ich dein Rätsel gelöst, Sphinx?

DAS MÄDCHEN *ist erwacht und lauert vorsichtig aus seinem Versteck, um zu sehen, wer da spricht:* Du, alter Herr...

CÄSAR *heftig hochfahrend, greift zu seinem Schwert:* Ihr unsterblichen Götter!

DAS MÄDCHEN Lauf nicht weg, alter Herr.

CÄSAR *verblüfft:* »Lauf nicht weg, alter Herr!« Und das zu Julius Cäsar!

DAS MÄDCHEN *drängend, lauter:* Du, alter Herr!

CÄSAR Sphinx! Du spottest deiner Jahrhunderte. Ich bin jünger als du, mag deine Stimme auch eines Mädchens Stimme sein.

DAS MÄDCHEN Rasch, klettre hier rauf, sonst kommen die Römer und fressen dich.

CÄSAR *läuft nach vorne, an den Schultern der Sphinx vorüber und sieht das Mädchen:* Ein Kind an ihrer Brust! Ein göttliches Kind!

DAS MÄDCHEN Komm rasch herauf. Du mußt an dieser Seite hochklettern und herumkriechen.

CÄSAR *erstaunt:* Wer bist du?

DAS MÄDCHEN Ich bin Cleopatra, Königin der Ägypter.

CÄSAR Du meinst Königin der Grillen.

CLEOPATRA Du darfst nicht unehrerbietig zu mir sein, sonst läßt die Sphinx dich von den Römern auffressen. Komm rauf, hier ist es ganz gemütlich.

CÄSAR *zu sich selbst:* Welch ein Traum! Welch ein großartiger Traum! Laß mich nur nicht erwachen! Zehn Kontinente will ich erobern, wenn ich diesen Traum zu Ende träumen darf.

Er klettert an der Seite der Sphinx hoch, geht um die rechte Schulter herum und erscheint wieder auf dem Podest.

CLEOPATRA Vorsichtig. So ist's recht. Jetzt setz dich hin: du kannst ihre andere Pfote für dich haben. *Sie setzt sich bequem auf die linke Pranke der Sphinx.* Sie ist sehr mächtig und wird uns beschützen, aber, weißt du – *sie bebt, elend vor Verlassenheit* –, sie beachtet mich nicht und will nicht mit mir sprechen. Ich bin froh, daß du gekommen bist: ich war sehr einsam. Hast du vielleicht eine weiße Katze gesehen?

CÄSAR *setzt sich langsam auf die rechte Pranke, ganz und gar versunken:* Ist dir eine Katze weggelaufen?

CLEOPATRA Ja, der heilige weiße Kater; ist das nicht schrecklich? Ich habe ihn hergebracht, um ihn der Sphinx zu opfern, aber als wir gerade aus der Stadt heraus waren, miaute ihm eine schwarze Katze zu, und er sprang aus meinen Armen und lief mit ihr weg. Meinst du, die schwarze Katze könnte meine Ur-Ur-Urgroßmutter gewesen sein?

CÄSAR *starrt sie an:* Deine Ur-Ur-Urgroßmutter? Warum eigentlich nicht? In dieser Nacht der Nächte würde mich nichts überraschen.

CLEOPATRA Ich meine, sie müßte es gewesen sein. Die Urgroßmutter meiner Urgroßmutter war eine schwarze Katze, Tochter der heiligen weißen Katze, und der Nil hat sie sich als siebte Frau genommen. Deswegen ist mein Haar so wellig. Und ich will immer, daß man mich tun läßt, was ich möchte, gleichgültig, ob es der Wille der Götter ist oder nicht: das kommt davon, daß ich Nilwasser im Blut habe.

CÄSAR Was tust du hier so mitten in der Nacht? Wohnst du hier?

CLEOPATRA Natürlich nicht. Ich bin die Königin, und wenn ich meinen Bruder umgebracht habe, der mich aus dem Palast in Alexandria vertrieben hat, werde ich darin wohnen. Wenn ich einmal alt genug bin, werde ich einfach tun, was ich will. Ich werde lernen, Sklaven zu vergiften und zuzuschauen, wie sie sich krümmen, und Ftatateeta werde ich sagen, daß sie in den Feuerofen kommt.

CÄSAR Aha. Aber warum bist du nicht zu Hause und liegst im Bett?

CLEOPATRA Weil die Römer kommen und uns alle auffressen. Du bist ja auch nicht zu Hause und liegst auch nicht im Bett.

CÄSAR *mit Überzeugung:* Doch, ich bin zu Hause und liege

im Bett. Ich wohne in einem Zelt, und liege jetzt in diesem Zelt, schlafe und träume. Glaubst du im Ernst, ich hielte dich für wirklich, du unmögliche kleine Traumhexe?

CLEOPATRA *kichert und beugt sich vertrauensvoll zu ihm:* Du bist ein komischer alter Herr. Ich mag dich.

CÄSAR Nein, das verdirbt mir den Traum. Warum träumst du nicht, daß ich jung bin?

CLEOPATRA Ich wünschte, du wärst jung, obwohl ich glaube, daß ich dann mehr Angst vor dir hätte. Ich mag Männer, besonders junge Männer mit runden, starken Armen, aber ich habe Angst vor ihnen. Du bist alt, ziemlich dünn und sehnig, aber du hast eine freundliche Stimme, und ich habe gern jemand bei mir, mit dem ich sprechen kann, obwohl du mir ein bißchen verrückt vorkommst. Das macht der Vollmond – deshalb sagst du so dumme Sachen und redest mit dir selbst.

CÄSAR Was? Du hast gehört, was ich gesagt habe? Ich habe der großen Sphinx meine Gebete aufgesagt.

CLEOPATRA Aber das ist ja gar nicht die große Sphinx.

CÄSAR *sehr enttäuscht, blickt an dem Standbild hoch:* Ach!

CLEOPATRA Dies hier ist nur ein süßes kleines Sphinxchen. Was glaubst du, die große Sphinx ist so hoch, daß sie einen Tempel zwischen ihren Pranken hat. Das hier ist meine Spiel-Sphinx. Aber sag mir, glaubst du, die Römer haben Zauberer, die uns durch ihre Beschwörungen von der Sphinx wegholen können?

CÄSAR Wieso? Hast du denn Angst vor den Römern?

CLEOPATRA *sehr ernsthaft:* Oh, die würden uns auffressen, wenn sie uns kriegen könnten. Sie sind Barbaren. Ihr Chef heißt Julius Cäsar. Sein Vater war ein Tiger, und seine Mutter war ein Flammenberg, und er hat eine Nase wie der Rüssel eines Elefanten. *Cäsar faßt sich unbewußt an die Nase.* Sie haben alle lange Nasen, elfenbeinerne Stoßzähne, kleine Schwänze, und sie haben sieben Arme und an jedem hundert Pfeile, und sie ernähren sich von Menschenfleisch.

CÄSAR Möchtest du, daß ich dir einmal einen richtigen Römer zeige?

CLEOPATRA *entsetzt:* Nein. Du erschreckst mich.

CÄSAR Das macht nichts, es ist ja nur ein Traum...

CLEOPATRA *erregt:* Nein, es ist kein Traum. Es ist kein Traum. Paß auf, hier – *sie nimmt eine Nadel aus ihrem Haar und sticht ihn damit mehrere Male in den Arm.*

CÄSAR Au! Laß das! *Wütend:* Was nimmst du dir heraus?

CLEOPATRA *verlegen, beschämt:* Du meintest doch, du träumst. *Weinerlich:* Ich wollte dir ja nur beweisen, daß...

CÄSAR *freundlich:* Komm, komm, nicht weinen. Eine Königin darf nicht weinen. *Er reibt seinen Arm, erstaunt über die Realität des Schmerzes.* Bin ich denn wirklich wach? *Er berührt mit der Hand die Sphinx, um ihre Stofflichkeit zu prüfen. Sie fühlt sich so wirklich an, daß er anfängt, beunruhigt zu werden, verwirrt sagt er:* Ja, wirklich... *Plötzlich von Schrecken erfaßt:* Nein, das ist unmöglich: Wahnsinn! Wahnsinn! *Verzweifelt:* Ins Lager, ich muß ins Feldlager zurück. *Er steht auf, um vom Podest zu springen.*

CLEOPATRA *klammert sich erschreckt an ihn:* Nein, du darfst mich nicht allein lassen. Nein, nein, nein, bleib! Ich habe Angst – Angst vor den Römern.

CÄSAR *jetzt wirklich überzeugt, daß er wach ist, nimmt sich zusammen:* Cleopatra, kannst du mein Gesicht deutlich sehen?

CLEOPATRA Ja. Es wirkt im Mondlicht so weiß.

CÄSAR Bist du sicher, es ist das Mondlicht, das mich weißer macht als einen Ägypter? *Grimmig:* Fällt dir nicht auf, daß ich eine ziemlich lange Nase habe?

CLEOPATRA *fährt zurück, von einem schrecklichen Verdacht fast gelähmt:* Nein! Oh!

CÄSAR Es ist die Nase eines Römers, Cleopatra.

CLEOPATRA Uh! *Sie springt mit einem schrillen Schrei hoch, läuft blitzschnell um die Schulter der Sphinx herum, läßt sich in den Sand hinunterfallen, fällt auf die Knie und schreit, aufrichtig bittend und flehend:* Beiß ihn kaputt,

Sphinx, beiß ihn kaputt. Ich wollte dir die weiße Katze ja opfern – wirklich. – Ich – *Cäsar, der vom Podest heruntergeschlüpft ist, berührt sie an der Schulter* – huh! *Sie bedeckt ihr Gesicht mit den Armen.*

CÄSAR Cleopatra, soll ich dir sagen, wie du es verhindern kannst, von Cäsar aufgefressen zu werden?

CLEOPATRA *umklammert flehend sein Knie:* O ja, bitte, bitte. Ich werde Ftatateetas Schmuck stehlen und ihn dir schenken. Und ich werde dafür sorgen, daß der Nil zweimal jährlich dein Land bewässert.

CÄSAR Ruhe, mein Kind, Ruhe. Deine Götter haben Angst vor den Römern. Siehst du, die Sphinx wagt nicht, mich kaputtzubeißen, und sie wird mich nicht hindern, dich aufzuheben und zu Cäsar zu bringen.

CLEOPATRA *murmelt flehend:* Das wirst du nicht tun, nein. Du hast es mir versprochen.

CÄSAR Übrigens, Cäsar frißt keine Frauen, nie.

CLEOPATRA *springt voller Hoffnung auf:* Wirklich nicht?

CÄSAR *mit Nachdruck:* Aber Mädchen frißt er – *Cleopatra wird wieder ängstlich* – und Katzen. Und du bist ein dummes kleines Mädchen und stammst von dem schwarzen Kätzchen ab, bist also beides, ein Mädchen und eine Katze.

CLEOPATRA *zitternd:* Und wird er mich fressen?

CÄSAR Ja, oder du mußt ihm beweisen, daß du eine Frau bist.

CLEOPATRA Oh, dann mußt du mir einen Zauberer holen, der eine Frau aus mir macht. Oder bist du ein Zauberer?

CÄSAR Vielleicht. Aber es wird lange dauern, und noch in dieser Nacht mußt du im Palast deiner Väter Cäsar von Angesicht zu Angesicht gegenüberstehen.

CLEOPATRA Nein, nein – das kann ich nicht.

CÄSAR Auch wenn du tief in deinem Inneren noch soviel Angst hast und wenn Cäsar fürchterlich zu dir ist – du mußt ihm als tapfere Frau und große Königin gegenübertreten, und du darfst keine Furcht empfinden. Wenn deine Hände zittern oder deine Stimme bebt, dann – gute Nacht! *Cleopatra stöhnt.* Wenn er dich aber würdig findet zu regieren, dann setzt er dich neben sich auf den Thron und macht dich zur wirklichen Königin von Ägypten.

CLEOPATRA *verzweifelt:* Nein, er wird es merken, er wird es merken.

CÄSAR *ziemlich betrübt:* Er läßt sich leicht von Frauen täuschen. Ihre Augen blenden ihn, und dann sieht er sie nicht so, wie sie sind, sondern wie er sie gern haben möchte.

CLEOPATRA *voller Hoffnung:* Oh, dann werden wir ihn täuschen. Ich werde mir Ftatateetas Haarschmuck aufsetzen, und er wird mich für eine ziemlich alte Frau halten.

CÄSAR Wenn du das tust, dann wird er dich mit einem Bissen verschlingen.

CLEOPATRA Dann will ich ihm einen Kuchen schenken mit meinem zauberkräftigen Opal darin und sieben Haaren von der weißen Katze. Und dann …

CÄSAR *kurz:* Ach, du bist eine kleine Närrin. Er wird erst deinen Kuchen essen und dann dich selbst. *Er wendet sich verächtlich von ihr ab.*

CLEOPATRA *läuft hinter ihm her und hängt sich an ihn:* Bitte, bitte, ich will ja alles tun, was du mir sagst. Ich will ja brav sein, ich will dir wie eine Sklavin gehorchen.

Wieder, jetzt näher, hört man die schrecklichen, bellenden Töne über die Wüste erklingen. Es ist die Bucina, die römische Kriegsposaune.

CÄSAR Horch!

CLEOPATRA *zitternd:* Was war das?

CÄSAR Das war Cäsars Stimme.

CLEOPATRA *zerrt ihn an der Hand:* Komm, wir laufen weg. Komm, ach komm!

CÄSAR Bei mir bist du sicher, bis du vor deinem Thron stehst, um Cäsar zu empfangen. Jetzt führ mich dorthin.

CLEOPATRA *die froh ist, wegzukommen:* Ja, ja, das tu ich. *Wieder die Bucina.* Oh, komm, komm, komm, die Götter sind böse. Spürst du, wie die Erde bebt?

CÄSAR Das ist der Marschtritt von Cäsars Legionen.

CLEOPATRA *zieht ihn weg:* Hier entlang, rasch. Und wir wollen sehen, ob wir unterwegs die weiße Katze finden. Sie ist es gewesen, die dich in einen Römer verwandelt hat.

CÄSAR Unverbesserlich, unverbesserlich. Fort von hier.

Er folgt Cleopatra; während sie sich durch die Wüste davonschleichen, erklingt die Bucina lauter, der Mondschein wird schwächer: Wieder steht der Horizont, nur durch die fantastische Silhouette der Sphinx unterbrochen, schwarz gegen den Himmel; der Himmel löst sich in Dunkelheit auf, zeigt keinerlei Umrisse, bis das Leuchten einer entfernten Fackel auf schwere ägyptische Säulen fällt, die das Dach eines majestätischen Ganges tragen. Am äußeren Ende des Korridors erscheint ein nubischer Sklave, der die Fackel trägt. Cäsar, immer noch an Cleopatras Hand, folgt dem Sklaven. Sie kommen den Gang herunter. Cäsar sieht sich um, betrachtet aufmerksam und neugierig die fremde Architektur; zwischen den Säulenschatten, die vom Licht der vorübergetragenen Fackel geräuschlos und rasch nach rückwärts bewegt werden, erscheinen Menschengestalten, mit Flügeln, Falkenköpfen; riesige schwarze Katzen aus Marmor scheinen wie aus Hinterhalten vor- und zurückzuhuschen. Weiter vorne bildet die Mauer eine Ecke, und davor erstreckt sich eine geräumige Halle, in der Cäsar zu seiner Rechten einen Thron sieht; hinter dem Thron eine Türöffnung. Zu beiden Seiten des Thrones eine schlanke Säule mit je einer Lampe.

CÄSAR Wo sind wir hier?

CLEOPATRA Hier sitze ich auf dem Thron, wenn ich meine Krone und die königlichen Gewänder tragen darf.

Der Sklave hält die Fackel so, daß man den Thronsessel sehen kann.

CÄSAR Befiehl dem Sklaven, die Lampen anzuzünden.

CLEOPATRA *zaghaft:* Meinst du, ich könnte?

CÄSAR Selbstverständlich. Du bist die Königin. *Da sie zögert:* Los!

CLEOPATRA *ängstlich zum Sklaven:* Zünde alle Lampen an.

FTATATEETA *kommt plötzlich hinter dem Thron hervor:*

Halt! *Der Sklave hält inne. Ftatateeta wendet sich Cleopatra zu, die verzagt wie ein unartiges Kind dasteht:* Wen hast du da mitgebracht, und wie kannst du dich unterstehen, ohne meine Erlaubnis die Lampen anzünden zu lassen!

CLEOPATRA *ist starr vor Furcht.*

CÄSAR Wer ist das?

CLEOPATRA Ftatateeta.

FTATATEETA *arrogant:* Die oberste Amme der...

CÄSAR *unterbricht sie:* Sei du still. Ich spreche mit der Königin. *Zu Cleopatra:* Wissen deine Diener nicht, wo ihr Platz ist? Schick sie weg, und du – *zum Sklaven* – tust, was die Königin dir geboten hat. *Der Sklave zündet die Lampen an. Zögernd, aus Furcht vor Ftatateeta, steht Cleopatra da.* Du bist die Königin. Schick sie weg.

CLEOPATRA *schmeichelnd:* Liebe Ftatateeta, du mußt jetzt gehen – nur für kurze Zeit.

CÄSAR Du befiehlst ihr nicht, wegzugehen, du flehst sie an. Du bist keine Königin. Du wirst aufgefressen werden. Leb wohl.

Er wendet sich zum Gehen.

CLEOPATRA *hält ihn fest:* Nein, nein, nein. Laß mich nicht allein.

CÄSAR Ein Römer hält sich nicht mit Königinnen auf, die sich vor ihren Sklaven fürchten.

CLEOPATRA Ich habe keine Angst, wirklich, ich habe gar keine Angst.

FTATATEETA Wir werden ja sehen, wer hier Angst hat. *Drohend:* Cleopatra...

CÄSAR Auf die Knie mit dir, Weib! Bin ich etwa auch ein Kind, daß du mit mir deine Scherze treiben kannst? *Er zeigt auf den Boden vor Cleopatras Füßen. Ftatateeta, teils eingeschüchtert, teils wütend, zögert noch.* Sklave! *Der Nubier tritt auf Cäsar zu.* Kannst du einen Kopf abschlagen? *Der Nubier nickt, grinst vor Begeisterung, zeigt alle seine Zähne. Cäsar zieht sein Schwert aus der Scheide, hält dem Nubier das Heft hin, wendet sich noch einmal Ftatateeta zu, weist abermals mit dem Finger auf den Boden.* Hast du dich besonnen, Frau?

FTATATEETA *völlig gebrochen, kniet vor Cleopatra hin, die ihren Augen kaum traut. Mit belegter Stimme:* Oh, Königin, gedenke deiner Dienerin in den Tagen deiner Größe.

CLEOPATRA *außer sich vor Erregung:* Geh, verschwinde! Weg mit dir. *Ftatateeta erhebt sich gebeugten Hauptes und bewegt sich rückwärts auf die Tür zu. Cleopatra beobachtet gierig ihre Unterwürfigkeit, sie ist nahe daran, in ihre noch zitternden Hände zu klatschen. Plötzlich schreit sie:* Gib mir etwas, womit ich sie schlagen kann. *Sie greift sich eine Schlangenhaut vom Thron und schlägt, indem sie sie wie eine Peitsche in der Luft schwingt, damit hinter Ftatateeta her. Cäsar springt vor, es gelingt ihm, sie zu ergreifen und festzuhalten, bis Ftatateeta entkommen ist.*

CÄSAR Das kleine Kätzchen fängt an zu kratzen, was?

CLEOPATRA *macht sich von ihm los:* Ich muß jemanden schlagen. Ich werde *ihn* schlagen. *Sie geht auf den Sklaven los.* Da – und da – und da. *Der Sklave läuft zu Tode erschreckt den Korridor hinauf und verschwindet. Cleopatra wirft die Schlangenhaut hin, springt mit erhobenen Armen auf die Stufen des Thrones und schreit:* Jetzt bin ich eine richtige Königin – wirklich und wahrhaftig eine Königin. Die Königin Cleopatra! *Cäsar schüttelt bekümmert den Kopf; im Hinblick auf das allgemeine Wohlergehen Ägyptens erscheinen ihm die Vorteile dieser Verwandlung doch fraglich. Cleopatra wendet sich ihm zu und blickt ihn triumphierend an, dann springt sie die Stufen hinunter, läuft auf ihn zu, umschlingt ihn heftig mit den Armen und ruft:* Oh, ich liebe dich, weil du eine Königin aus mir gemacht hast!

CÄSAR Aber Königinnen lieben nur Könige.

CLEOPATRA Ich werde alle Männer, die ich liebe, zu Königen machen. Ich werde dich zum König machen. Viele junge Könige werde ich haben mit runden starken Armen, und wenn ich ihrer müde bin, werde ich sie zu Tode peitschen, aber du sollst immer mein König sein, mein netter, freundlicher, kluger, guter alter König.

CÄSAR Oh, meine Runzeln, meine Runzeln – und mein Kinderherz! Du wirst die gefährlichste aller Eroberungen Cäsars sein.

CLEOPATRA *erschreckt:* Ach, Cäsar! Ich hatte Cäsar ganz vergessen. *Ängstlich:* Du wirst ihm sagen, daß ich eine Königin bin, ja? – eine richtige Königin. Weißt du was, *schmeichelnd und listig,* wir wollen fortlaufen und uns verstecken, bis Cäsar wieder weg ist.

CÄSAR Wenn du dich vor Cäsar fürchtest, bist du keine wahre Königin. Auch wenn du dich unter einer Pyramide versteckst, er würde genau darauf zugehen, sie mit einer Hand hochheben und dann – *er öffnet den Mund und läßt die Zähne aufeinanderklappen.*

CLEOPATRA *zitternd:* Uh!

CÄSAR Wage also nur nicht, dich zu fürchten! *Wieder hört man den Klang der Bucina. Cleopatra stöhnt vor Furcht. Cäsar ergötzt sich daran, er ruft:* Aha! Cäsar nähert sich dem Throne Cleopatras. Komm, setz dich, wo du hingehörst. *Er nimmt sie an der Hand und führt sie zum Thron; sie ist zu bange, um zu sprechen.* Hallo, du da – Teetatota. Wie ruft ihr eure Sklaven herbei?

CLEOPATRA *mutlos, während sie sich zitternd auf den Thron sinken läßt und dort kauert:* Klatsch in die Hände!

Cäsar klatscht in die Hände. Ftatateeta erscheint wieder.

CÄSAR Bring die Gewänder der Königin und ihre Krone und rufe ihre Hofdamen. Dann kleide sie an.

CLEOPATRA *eifrig – faßt etwas Mut:* Ja, die Krone, Ftatateeta. Ich werde die Krone tragen.

FTATATEETA Für wen muß die Königin ihren Staat anlegen?

CÄSAR Für einen Bürger Roms. Für den König der Könige, Totateeta.

CLEOPATRA *stampft mit den Füßen auf:* Was geht das dich an? Geh und tu, was dir befohlen worden ist. *Ftatateeta geht mit grimmigem Lächeln ab. Cleopatra wendet sich eifrig Cäsar zu:* Wenn Cäsar meine Krone und meine Gewänder sieht, wird er doch wissen, daß ich eine Königin bin, nicht wahr?

CÄSAR Nein. Wie soll er wissen, daß du nicht eine Sklavin bist, die königliche Gewänder angezogen hat?

CLEOPATRA Du mußt es ihm sagen.

CÄSAR Er wird mich nicht danach fragen. Er wird Cleopatra erkennen an ihrem Stolz, an ihrem Mut, ihrer Hoheit und ihrer Schönheit. *Sie sieht ihn zweifelnd an.* Zitterst du etwa?

CLEOPATRA *schaudernd vor Furcht:* Nein, ich – ich. *Mit sehr schwacher Stimme:* Nein.

Ftatateeta und drei Frauen kommen mit den königlichen Insignien.

FTATATEETA Von allen Hofdamen der Königin sind nur diese drei übriggeblieben. Die anderen sind geflohen. *Sie beginnen Cleopatra zu schmücken, die die Prozedur blaß und unbewegt über sich ergehen läßt.*

CÄSAR Schön. Drei Frauen, das genügt. Der arme Cäsar muß sich gewöhnlich allein anziehen.

FTATATEETA *verächtlich:* Die Königin von Ägypten ist kein römischer Barbar. *Zu Cleopatra:* Sei tapfer, mein Kindchen, Kopf hoch vor diesem Fremden.

CÄSAR *blickt Cleopatra bewundernd an und setzt ihr die Krone aufs Haupt:* Ist es süß oder bitter, eine Königin zu sein, Cleopatra?

CLEOPATRA Bitter.

CÄSAR Wirf alle Furcht ab, und du wirst Cäsar erobern. Sind die Römer schon da? Tota?

FTATATEETA Sie sind da, und die Garde ist geflohen.

DIE FRAUEN *unterwürfig jammernd:* Weh uns, weh!

Der Nubier kommt durch die Halle gelaufen.

NUBIER Die Römer sind im Hof. *Er stürzt durch die Tür davon, die Frauen kreischend hinter ihm her. Ftatateetas Kinnbacken drücken eine wilde Entschlossenheit aus; sie bleibt starr stehen. Cleopatra kann sich kaum zurückhal-*

ten, hinter den anderen herzurennen. Cäsar faßt sie am Handgelenk und hält sie fest im Auge. Sie steht da wie eine Märtyrerin.

CÄSAR Die Königin muß Cäsar allein gegenübertreten. Antworte: »So sei es!«

CLEOPATRA *blaß:* So sei es.

CÄSAR *läßt sie los:* Gut.

Man hört den Marschtritt und Lärm bewaffneter Männer. Cleopatras Schrecken steigert sich. Man hört die Bucina ganz nah, dann den schreckenerregenden Klang der Posaunen. Das ist zu viel für Cleopatra; sie stößt einen Schrei aus und läuft blitzschnell auf die Tür zu. Ftatateeta hält sie ungerührt fest.

FTATATEETA Ich bin deine Amme. Du hast gesagt: »So sei es«, und wenn du daran stirbst, das Wort der Königin mußt du halten. *Sie übergibt Cleopatra an Cäsar, der sie, die vor Furcht außer sich ist, zum Thron zurückbringt.*

CÄSAR Du weißt ja, wenn du jammerst –! *Er setzt sich selbst auf den Thron.*

Cleopatra steht auf den Stufen, fast bewußtlos, als erwarte sie den Tod. Die römischen Soldaten marschieren geräuschvoll in den Korridor ein, an ihrer Spitze ihr Feldzeichen mit dem Adler, der Trompeter, ein stämmiger Bursche, der sein Instrument um den Leib gewickelt trägt, der Schalltrichter hat die Form eines heulenden Wolfskopfes. Sobald die Soldaten die Thronhalle erreicht haben, blicken sie erstaunt auf den Thron, stellen sich in Exerzierordnung davor auf, ziehen ihre Schwerter, strecken sie hoch in die Luft und rufen: Heil, Cäsar! *Cleopatra wendet sich um, blickt Cäsar verwirrt an; plötzlich wird ihr alles klar, und sie fällt mit einem lauten Seufzer der Erleichterung in seine Arme.*

Zweiter Akt

Alexandria. Eine Halle im ersten Stock des Palastes, die nach hinten in eine Loggia ausläuft, zu der zwei Stufen hinaufführen. Durch die Bogenfenster der Loggia hindurch ist das Mittelmeer zu sehen, strahlend in der Morgensonne. Die glatten hohen Wände sind mit einer Prozession der ägyptischen Theokratie bemalt, flach, stilisiert, die Personen von der Seite gesehen, und da weder muffige Polstermöbel noch Spiegel, auch keine vorgetäuschten Perspektiven oder Wandteppiche vorhanden sind, wirkt der Raum hübsch, angenehm, einfach und kühl, oder, wie ein reicher englischer Industrieller es ausdrücken würde: ärmlich, nackt, lächerlich und ungemütlich, denn die Kultur der Tottenham Court Road verhält sich zu dieser ägyptischen Kultur wie Glasperlen und Tätowierungen sich zur Tottenham Court Road verhalten.

Der junge König Ptolemäus Dionysos (zehn Jahre alt), von seinem Vormund Pothinus an der Hand geführt, ist auf dem Weg durch die Loggia auf der obersten Stufe angelangt. Der Hof hat sich versammelt, ihn zu empfangen. Er besteht aus Männern und Frauen (einige der Frauen sind Hofdamen) von unterschiedlicher Hautfarbe und Rasse, hauptsächlich Ägyptern; einige verhältnismäßig hellhäutige sind aus Unterägypten, andere, viel dunkler, aus Oberägypten. Außerdem ein paar Griechen und Juden. Hauptperson in einer Gruppe zur Rechten von Ptolemäus ist Theodotus, sein Erzieher, eine andere Gruppe, links von Ptolemäus, wird von Achillas bestimmt, dem General der ptolemäischen Truppen. Theodotus ist ein kleiner alter Mann, dessen Gesichtszüge genau so verzerrt und vertrocknet sind wie seine Gliedmaßen, ausgenommen seine hohe, gerade Stirn, die mehr Raum einnimmt als sein übriges Gesicht. Er erweckt den Eindruck von Tiefgründigkeit und elsternhafter Aufmerksamkeit, hört dem, was die an-

deren sagen, mit sarkastischer Wachsamkeit zu, wie ein Philosoph, der den Übungen seiner Schüler zuhört. Achillas ist ein großer stattlicher Mann von fünfunddreißig Jahren, mit einem gepflegten Bart, der wie ein Pudelfell gelockt ist; offensichtlich nicht sehr intelligent, aber vornehm und würdig. Pothinus ist ein lebhafter Fünfziger, Eunuch, leidenschaftlich, energisch und schlagfertig, doch in seinem Charakter und seiner Gesinnung gewöhnlich, außerdem ungeduldig und außerstande, sein Temperament zu zügeln. Er hat feines gelblichbraunes Haar, das wie ein Pelz wirkt. Der König, Ptolemäus, sieht viel älter aus als ein englischer Junge von zehn, wirkt aber gleich allen von Höflingen erzogenen Prinzen jedweder Altersstufe kindisch, verwöhnt, eine Mischung aus Schwäche und Rechthaberei und von fremden Händen übermäßig gewaschen, gekämmt und aufgeputzt.

Der König wird von allen mit Verbeugungen begrüßt. Er geht die Stufen hinunter auf seinen Thronsessel zu, der, als einzige Sitzgelegenheit in der Halle, ein wenig rechts von ihm steht. Während er sich vor den Thronsessel stellt, blickt er, um zu erfahren, was er tun soll, nervös zu Pothinus hin, der sich zu seiner Linken aufstellt.

POTHINUS Der König von Ägypten hat uns eine Mitteilung zu machen.

THEODOTUS *mit quiekender Stimme, die er durch reine Überheblichkeit eindrucksvoll zu machen versteht:* Ruhe für des Königs Wort!

PTOLEMÄUS *spricht ohne jegliche Betonung und Interpunktion, sagt offensichtlich auf, was ihm eingetrichtert worden ist:* Nehmt alle zur Kenntnis, was ich euch zu sagen habe. Ich bin der erstgeborene Sohn des Auletes, des Flötenbläsers, der euer König war. Meine Schwester Berenice hat ihn vom Thron vertrieben, sie hat an seiner Statt regiert, aber – aber – *er stockt* –

POTHINUS *heimlich soufflierend:* – aber die Götter werden

es nicht dulden.

PTOLEMÄUS Ja – die Götter werden es nicht dulden. *Er stockt wieder, dann verlegen, mit hängendem Kopf weiter:* Ich habe vergessen, was die Götter nicht dulden werden.

THEODOTUS Pothinus, des Königs Vormund, soll für den König sprechen.

POTHINUS *der seine Ungeduld nur mühsam unterdrücken kann:* Der König wollte sagen, daß die Götter die Ruchlosigkeit seiner Schwester nicht ungestraft lassen werden.

PTOLEMÄUS *hastig:* Ja, jetzt fällt mir der Rest ein. *Er verfällt wieder in seine monotone Sprechweise.* Und dieserhalb haben die Götter einen Fremden, Mark Anton, einen römischen Reiterhauptmann, durch den Sand der Wüste geschickt, und er hat meinen Vater wieder auf den Thron gesetzt. Und mein Vater hat Berenice, meine Schwester, ergriffen und ihr das Haupt abgeschlagen. Und jetzt, wo mein Vater tot ist, möchte eine andere meiner Schwestern, Cleopatra, mir das Königtum entreißen und an meiner Stelle regieren. Aber die Götter werden es nicht dulden – *Pothinus hustet bedeutungsvoll* – die Götter – die Götter werden nicht dulden...

POTHINUS *soufflierend:* – werden nicht zulassen...

PTOLEMÄUS Ach ja – werden solche Bosheit nicht zulassen, und sie werden ihren Kopf wie den ihrer Schwester der Axt überliefern. Doch mit Hilfe der Hexe Ftatateeta hat sie den Römer Julius Cäsar in ihren Bann gezogen, auf daß er ihren erschlichenen Anspruch, Ägypten zu regieren, stütze. Nehmt deshalb alle zur Kenntnis, daß ich es nicht dulden werde – daß ich es nicht dulden werde. *Weinerlich zu Pothinus:* Was ist es denn eigentlich, was ich nicht dulden werde?

POTHINUS *bei dem plötzlich die ganze Kraft und Begeisterung politischer Leidenschaft ausbricht:* Der König wird es nicht dulden, daß ein Ausländer ihm den Thron Ägyptens raubt. *Beifallsrufe.* Achillas, sag dem König, wie viele Soldaten und Reiter hat der Römer?

THEODOTUS Ja, des Königs General soll sprechen.

ACHILLAS Oh, König, er hat nur zwei römische Legionen. Dreitausend Soldaten und knapp tausend Reiter.

Der Hof bricht in höhnisches Gelächter aus, allgemeines Geschwätz und Geschnatter setzt ein, während Rufio, ein römischer Offizier, in der Loggia erscheint, ein stämmiger Mann mittleren Alters, mit schwarzem Bart; er ist sehr geradeaus, zuverlässig und zäh, hat kleine, klare Augen, dicke Nase, dicke Backen, die aber, wie sein übriger Körper, von eiserner Festigkeit sind.

RUFIO *auf der Treppe stehend:* Ruhe da! *Lachen und Geschnatter verstummen sofort.* Cäsar naht!

THEODOTUS *mit großer Geistesgegenwart:* Der König erlaubt dem römischen Befehlshaber, einzutreten.

Cäsar, der einfach gekleidet ist, aber um seine Kahlheit zu verbergen, einen Kranz aus Eichenlaub trägt, tritt durch die Loggia ein, neben ihm Britannus, sein Sekretär, ein Brite, ungefähr vierzig, hochgewachsen, feierlich, mit schon leicht gelichtetem Haar und einem dicken haselnußbraunen, herabhängenden Schnurrbart, so gestutzt, daß seine Enden zu einem schmucken Backenbart auslaufen. Britannus ist sehr sorgfältig in Blau gekleidet, trägt eine Schreibmappe, am Gürtel ein Horn mit Tinte und eine Schreibfeder aus Rohr. Sein ernsthaftes Aussehen, sein Sinn für die Wichtigkeit des Augenblicks stehen in deutlichem Gegensatz zu Cäsars freundlicher Aufmerksamkeit. Cäsar blickt auf die Szenerie, die für ihn neu ist, mit der offenen Neugier eines Kindes, wendet sich dann dem Thronsessel zu, während Britannus und Rufio sich neben diesem auf die Stufe postieren.

CÄSAR *blickt Pothinus und Ptolemäus an:* Wer von euch ist der König, der Mann oder der Knabe?

POTHINUS Ich bin Pothinus, der Vormund meines Herrn, des Königs.

CÄSAR *klopft Ptolemäus freundlich auf die Schulter:* Dann bist du also der König. Langweilige Sache in deinem Alter, hm? *Zu Pothinus:* Dein Diener, Pothinus. *Er wendet sich unbekümmert ab, geht langsam durch die Mitte der Halle, schaut sich die Höflinge zu beiden Seiten an, bis er zu Achillas kommt:* Und wer ist dieser Herr?

THEODOTUS Das ist Achillas, des Königs General.

CÄSAR *sehr freundlich zu Achillas:* Ah, ein General? Ich bin auch ein General. Aber ich habe zu spät damit angefangen. Gesundheit und viele Siege, Achillas!

ACHILLAS Wie die Götter es wollen, Cäsar.

CÄSAR *wendet sich Theodotus zu:* Und Ihr, Herr, seid...?

THEODOTUS Theodotus, des Königs Erzieher.

CÄSAR Du bringst also den Menschen bei, wie man ein König wird. Sehr tüchtig von dir. *Wendet sich von Theodotus ab, blickt auf die Götter an den Wänden und geht wieder auf Pothinus zu.* Und dieser Raum?

POTHINUS Das ist der Sitzungssaal der Schatzkanzler des Königs.

CÄSAR Ach, – da fällt mir ein, ich brauche Geld.

POTHINUS Des Königs Schatzkammer ist arm, Cäsar.

CÄSAR Ja, ich stelle fest, es ist nur ein einziger Sessel drin.

RUFIO *laut rufend:* Einen Sessel her, ihr da, holt einen Sessel für Cäsar.

PTOLEMÄUS *erhebt sich schüchtern, seinen Sessel anzubieten:* Cäsar...

CÄSAR *freundlich:* Nein, nein, mein Junge. Das ist dein Thronsessel. Setz dich wieder hin.

Er drückt Ptolemäus auf seinen Sessel, während Rufio, der sich umblickt, in der nächsten Nische ein Standbild des Gottes Ra erblickt. Ra ist sitzend mit einem Falkenkopf dargestellt, vor seinem Standbild steht ein bronzener Dreifuß, ungefähr so groß, wie ein dreibeiniger Schemel. Im Dreifuß brennt ein Räucherstab. Mit dem praktischen Sinn der Römer und deren Gleichgültigkeit gegenüber ausländischem Aberglauben ergreift Rufio sofort den Dreifuß, schüttelt den Räucherstab ab, bläst die Asche herunter, und knallt den Dreifuß hinter Cäsar, ungefähr in der Mitte der Halle, auf den Boden.

RUFIO Setz dich darauf, Cäsar.

Ein Schaudern durchläuft die Höflinge, erregt wird das Wort »Sakrileg« *geflüstert.*

CÄSAR *setzt sich hin:* Und jetzt Pothinus, zur Sache. Ich brauche dringend Geld.

BRITANNUS *der diese zwanglose Ausdrucksweise mißbilligt:* Was mein Gebieter sagen möchte: Auf Grund eines Vertrages, den der abgeschiedene Vater des Königs mit dem Triumvirat geschlossen hat, existiert eine rechtlich verankerte Staatsschuld Ägyptens gegenüber Rom, und es ist Cäsars Pflicht seinem Vaterlande gegenüber, auf sofortiger Zahlung zu bestehen.

CÄSAR *offen:* Ach, daran habe ich gar nicht gedacht. Aber ich habe meine Begleiter noch nicht vorgestellt: Pothinus, das ist Britannus, mein Sekretär, er stammt von einer Insel am westlichen Ende der Welt, eine Tagereise von Gallien entfernt, *Britannus verbeugt sich steif,* und dieser Herr ist Rufio, mein Waffengenosse. *Rufio nickt mit dem Kopf.* Pothinus, ich brauche 1600 Talente.

Die Höflinge brechen entsetzt in lautes Gemurmel aus. Theodotus und Achillas wenden sich angesichts einer solch ungeheuerlichen Forderung kopfschüttelnd einander zu.

POTHINUS *entsetzt:* Vierzig Millionen Sesterzen. Unmöglich. Soviel Geld ist nicht in des Königs Schatzkammer.

CÄSAR *begütigend:* Nur sechzehnhundert Talente, Pothinus. Warum in Sesterzen umrechnen! Für eine Sesterze bekommt man nur einen Laib Brot.

POTHINUS Und für ein Talent bekommt man ein Rennpferd. Ich sage: Unmöglich. Wir haben hier in Hader gelegen, weil des Königs Schwester Cleopatra fälschlicherweise Anspruch auf den Thron erhebt, und so sind die Steuern des Königs ein Jahr lang nicht eingetrieben worden.

CÄSAR Doch, Pothinus, sie sind eingetrieben worden. Meine Offiziere haben den ganzen Vormittag damit verbracht, sie einzutreiben.

Wieder Geflüster und Erregung unter den Höflingen, auch unterdrücktes Lachen.

RUFIO *grob:* Ihr müßt bezahlen, Pothinus. Wozu dieses überflüssige Gerede? Ihr kommt billig genug davon.

POTHINUS *beißend:* Ist es denn möglich, daß Cäsar, der Eroberer der Welt, Zeit hat, sich mit etwas so Nebensächlichem wie unseren Steuern abzugeben?

CÄSAR Mein Freund, Steuern sind die Hauptbeschäftigung eines Welteroberers.

POTHINUS Ich warne dich, Cäsar. Heute noch sollen der Tempelschatz und das Gold aus dem Königsschatz in die Münze gebracht und vor den Augen des Volkes geschmolzen werden, um unsere Schuld einzulösen; alle sollen zusehen, wie wir zwischen den nackten Wänden sitzen und aus Holzbechern trinken. Wenn du uns zu diesem Sakrileg zwingst, Cäsar, wird der Zorn des Volkes auf dein Haupt kommen.

CÄSAR Mach dir keine Sorgen, Pothinus, das Volk weiß, wie gut Wein aus Holzbechern schmeckt. Als Dank für eure Großzügigkeit will ich, wenn ihr wollt, eure Thronstreitigkeiten für euch regeln. Was sagst du dazu?

POTHINUS Wird es dich hindern, wenn ich nein sage?

RUFIO *entschieden:* Nein.

CÄSAR Pothinus, du sagst, ihr streitet schon ein Jahr über die Thronfolge. Wollt ihr mir zehn Minuten dafür geben?

POTHINUS Du wirst ohnehin tun, was dir beliebt.

CÄSAR Schön. Aber zunächst müssen wir Cleopatra hierhaben.

THEODOTUS Sie ist nicht in Alexandrien, sie ist nach Syrien geflohen.

CÄSAR Ich glaube nicht. *Zu Rufio:* Ruf Totateeta.

RUFIO *ruft:* He da! Teetatota!

Ftatateeta betritt die Loggia, bleibt mit hochmütiger Miene auf der obersten Stufe stehen.

FTATATEETA Wer hat den Namen von Ftatateeta, der obersten Amme der Königin ausgesprochen?

CÄSAR Den kann keiner aussprechen, Tota, außer dir selbst. Wo ist deine Herrin?

Cleopatra, die sich hinter Ftatateeta versteckt hat, blickt lachend hinter ihr hervor. Cäsar erhebt sich.

CÄSAR Wird die Königin die Gnade haben, uns für einen Augenblick mit ihrer Gegenwart zu beehren?

CLEOPATRA *stößt Ftatateeta beiseite, stellt sich hochmütig an den Rand der Treppe:* Muß ich mich wie eine Königin benehmen?

CÄSAR Ja.

Cleopatra geht sofort auf den Thronsessel zu, packt Ptolemäus, zieht ihn von seinem Sitz weg, setzt sich an seine Stelle. Ftatateeta setzt sich auf die Stufen der Loggia und beobachtet die Szene mit undurchdringlicher Aufmerksamkeit.

PTOLEMÄUS *gekränkt, fast weinend:* So behandelt sie mich immer, Cäsar. Wenn ich der König bin, warum erlaubt man ihr dann, mir alles wegzunehmen?

CLEOPATRA Du sollst nicht König sein, du kleiner Schreihals. Du wirst von den Römern gefressen werden.

CÄSAR *gerührt von Ptolemäus' Kummer:* Komm her, mein Junge, stell dich neben mich.

Ptolemäus geht zu Cäsar hinüber, der sich wieder auf den Dreifuß setzt und die Hand des Jungen hält, um ihm Mut zu machen. Cleopatra, eifersüchtig und wütend, steht auf und starrt wild zu ihnen herüber.

CLEOPATRA *mit glühenden Wangen:* Da hast du deinen Thron, ich will ihn nicht. *Sie rennt von ihrem Sessel weg auf Ptolemäus zu, der vor ihr zurückweicht.* Geh sofort zurück und setz dich auf deinen Platz.

CÄSAR Geh, Ptolemäus. Einen Thron muß man immer annehmen, wenn er einem angeboten wird.

RUFIO Ich hoffe, Cäsar, wenn wir nach Rom zurückkehren, wirst du klug genug sein, deinem eigenen Rat zu folgen.

Ptolemäus geht langsam zum Thron zurück, indem er, offensichtlich aus Angst vor Schlägen, einen weiten Bogen um Cleopatra macht. Cleopatra nimmt seine Stelle neben Cäsar ein.

CÄSAR Pothinus...

CLEOPATRA *unterbricht ihn:* Willst du nicht mit mir sprechen?

CÄSAR Sei still. Wenn du noch einmal den Mund öffnest, bevor ich es dir erlaube, wirst du aufgefressen.

CLEOPATRA Ich habe keine Angst. Eine Königin hat keine Angst. Wenn du mich magst, friß meinen Gemahl da, der hat Angst.

CÄSAR *überrascht:* Deinen Gemahl? Was meinst du damit?

CLEOPATRA *zeigt auf Ptolemäus:* Dieses kleine Etwas da.

Die beiden Römer und der Brite starren einander fassungslos an.

THEODOTUS Cäsar, du bist fremd hier und nicht mit unseren Gesetzen vertraut. Die Könige und Königinnen von Ägypten dürfen sich nur mit ihrem eigenen königlichen Blut vermählen. Ptolemäus und Cleopatra sind von Geburt Könige und Ehegatten, wie sie von Geburt Bruder und Schwester sind.

BRITANNUS *schockiert:* Cäsar, das gehört sich aber nicht.

THEODOTUS *beleidigt:* Wie?

CÄSAR *hat sich wieder in der Gewalt:* Vergib ihm, Theodotus. Er ist ein Barbar und hält die Sitten und Gebräuche seines Stammes und seiner Insel für Naturgesetze.

BRITANNUS Das Gegenteil ist der Fall, Cäsar. Diese Ägypter sind Barbaren, und es ist nicht recht von dir, sie darin zu bestärken. Es ist einfach skandalös!

CÄSAR Skandalös oder nicht, mein Freund, es erleichtert die Friedensverhandlungen. *Er wendet sich mit Ernst Pothinus zu:* Pothinus, höre, was ich vorzuschlagen habe.

RUFIO Hört, was Cäsar verkündet.

CÄSAR Ptolemäus und Cleopatra sollen gemeinsam Ägypten regieren.

ACHILLAS Und was wird aus des Königs jüngerem Bruder und Cleopatras jüngerer Schwester?

RUFIO *erklärt:* Ja, es gibt noch so einen kleinen Ptolemäus, Cäsar, das haben sie mir erzählt.

CÄSAR Nun, dann kann dieser kleine Ptolemäus die kleine Schwester heiraten, und wir schenken den beiden Zypern.

POTHINUS *ungeduldig:* Mit Zypern kann keiner etwas anfangen.

CÄSAR Das macht nichts, um des Friedens willen sollt ihr es haben.

BRITANNUS *der, ohne es zu wissen, einen späteren Staatsmann vorwegnimmt:* Ein ehrenvoller Friede, Pothinus...

POTHINUS *widerspenstig:* Sei ehrlich, Cäsar, das Geld, das du verlangst, ist der Preis für unsere Freiheit. Nimm es und überlaß es uns, unsere eigenen Angelegenheiten zu regeln.

DIE MUTIGEREN HÖFLINGE *durch den Ton, den Pothinus anschlägt, und durch Cäsars Ruhe ermutigt:* Ja, so soll es sein. Ägypten den Ägyptern!

Die Versammlung artet in einen Streit aus, die Ägypter erhitzen sich immer mehr. Cäsar bleibt unerschüttert, Rufio aber wird aufsässiger und verbissener, Britannus auf hochmütige Weise angeekelt.

RUFIO *verächtlich:* Ägypten den Ägyptern! Ihr vergeßt wohl, daß eine römische Besetzung in eurem Land liegt, seit Aulus Gabinius euren Puppenkönig auf den Thron gesetzt hat.

ACHILLAS *der sich plötzlich zur Geltung bringen will:* Und diese Besetzungsarmee steht jetzt unter meinem Befehl. Der römische General hier bin ich, Cäsar.

CÄSAR *den die Situation amüsiert:* Du bist aber auch der ägyptische General, wie?

POTHINUS *triumphierend:* So ist es, Cäsar.

CÄSAR *zu Achillas:* Du kannst also im Namen Roms mit den Ägyptern Krieg anfangen, und im Namen Ägyptens mit den Römern – notfalls mit mir?

ACHILLAS So ist es, Cäsar.

CÄSAR Und wenn ich mir anmaßen darf, dich zu fragen, General – auf welcher Seite stehst du im Augenblick?

ACHILLAS Ich stehe auf der Seite des Rechtes und der Götter.

CÄSAR Nicht schlecht. Wie viele Leute hast du denn?

ACHILLAS Das wird sich auf dem Schlachtfeld zeigen.

RUFIO *grob:* Sind deine Leute Römer? Wenn nicht, spielt ihre Zahl keine Rolle – vorausgesetzt, es sind nicht mehr als fünfhundert gegen zehn.

POTHINUS Es ist zwecklos, uns einschüchtern zu wollen, Rufio. Cäsar ist schon früher besiegt worden, und er kann wieder besiegt werden. Vor ein paar Wochen noch ist er vor Pompeius geflohen, um sein Leben gerannt, und in ein paar Monaten könnte er vor Cato oder vor Juba von Numidien, dem afrikanischen König, um sein Leben rennen.

ACHILLAS *der mit drohender Miene Pothinus' Worte begleitet hat:* Was könnt ihr schon anfangen mit viertausend Mann?

THEODOTUS *der Achillas Worte mit einem heiseren Quieken begleitet hat:* Und was könnt ihr ohne Geld anfangen? Weg mit euch. Macht, daß ihr fortkommt.

ALLE HÖFLINGE *wild schreiend und Cäsar umringend:* Ja, macht, daß ihr wegkommt. Weg mit euch. Ägypten den Ägyptern. Weg mit euch.

Rufio, zu verärgert, um sprechen zu können, kaut an seinem Schnurrbart. Cäsar sitzt so entspannt, als säße er beim Frühstück und die Katze bettelte miauend um ein Stück Räucherfisch.

CLEOPATRA Cäsar, warum läßt du zu, daß sie so zu dir sprechen? Hast du Angst?

CÄSAR Nein, meine Liebe. Es stimmt ja, was sie sagen.

CLEOPATRA Aber wenn du weggehst, werde ich nicht Königin.

CÄSAR Ich werde nicht weggehen, bevor du Königin bist.

POTHINUS Achillas, du mußt verrückt sein, wenn du das Mädchen nicht gefangennimmst, solange es in deiner Hand ist.

RUFIO *herausfordernd:* Warum nicht gleich Cäsar auch gefangennehmen, Achillas?

POTHINUS *nimmt die Herausforderung interessiert auf:* Gut gesagt, Rufio. Warum eigentlich nicht?

RUFIO Versuchs, Achillas! *Ruft:* Wache!

Die Loggia füllt sich sofort mit Cäsars Soldaten, die, mit gezogenen Schwertern an der obersten Treppenstufe stehenbleibend, auf den Befehl des Hauptmanns warten, der eine Keule in der Hand trägt. Im ersten Augenblick bleiben die Ägypter stolz den Soldaten gegenüber stehen und ziehen sich dann murrend wieder in ihre Ecken zurück.

BRITANNUS Ihr seid Cäsars Gefangene, alle.

CÄSAR *gütig:* O nein, keineswegs. Die Herrschaften sind Cäsars Gäste.

CLEOPATRA Willst du ihnen nicht die Köpfe abschlagen?

CÄSAR Was? Deinem Bruder den Kopf abschlagen?

CLEOPATRA Warum nicht? Er würde ihn mir auch abschlagen, wenn er könnte. Nicht wahr, Ptolemäus?

PTOLEMÄUS *bleich und aufsässig:* Ja, das würde ich, und ich werde es auch tun, wenn ich groß bin.

Cleopatra kämpft mit ihrer neu erworbenen Würde als Königin und dem heftigen Verlangen, Ptolemäus die Zunge herauszustrecken. In der folgenden Szene mischt sie sich nicht ein, beobachtet sie aber mit Neugierde und Erstaunen, hin und her rutschend wie ein unruhiges Kind; als Cäsar aufsteht, setzt sie sich auf den Dreifuß.

POTHINUS Cäsar, wenn du es wagst, uns festzuhalten ...

RUFIO Du mußt dir klar darüber sein, Ägypter, Cäsar wird siegen. Wir haben den Palast, den Strand und den Osthafen in der Hand. Der Weg nach Rom ist frei, und wenn es Cäsar gefällt, werdet ihr diesen Weg gehen.

CÄSAR *höflich:* Das war das mindeste, was ich tun konnte, um meinen Soldaten den Rückzug zu sichern, Pothinus. Ich bin für eines jeden Leben verantwortlich. Aber ihr könnt euch frei bewegen, ihr alle hier und alle im Palast.

RUFIO *entsetzt über diese Milde:* Was? Die Renegaten und

alle?

CÄSAR *seine Formulierung mildernd:* Die römische Besatzungsarmee wie alle anderen, Rufio.

POTHINUS *verwirrt:* Aber – du – aber – du

CÄSAR Nun, mein Freund?

POTHINUS Du wirfst uns aus unserem eigenen Palast raus, auf die Straße, und sagst uns mit erhabener Miene, daß wir frei sind, zu gehen, wohin wir wollen. Du bist es, der gehen muß.

CÄSAR Auf der Straße sind eure Freunde, Pothinus. Dort seid ihr sicher.

POTHINUS Das ist ein Trick. Ich bin der Vormund des Königs. Ich rühre mich nicht von der Stelle. Ich bestehe auf meinem Recht. Und wo ist dein Recht?

CÄSAR Das Recht steckt in Rufios Scheide, Pothinus. Wenn ihr zu lange zögert, kann ich es vielleicht nicht mehr dort zurückhalten.

Erregung

POTHINUS *bitter:* Das also ist Roms Gerechtigkeit!

THEODOTUS Aber ich hoffe, es ist nicht Roms Dankbarkeit!

CÄSAR Dankbarkeit? Bin ich den Herren für irgendwelche Dienste etwas schuldig?

THEODOTUS Schätzt Cäsar sein eigenes Leben so gering? Kann er vergessen, daß wir es gerettet haben?

CÄSAR Mein Leben! Sonst noch was?

THEODOTUS Nicht nur dein Leben! Deinen Ruhm! Deine Zukunft!

POTHINUS Er hat recht. Ich kann einen Zeugen dafür beibringen. Er wird beweisen, daß Cäsar jetzt in der Gewalt des größten Soldaten der Welt, des Befehlshabers der römischen Besatzungsarmee wäre, hätten wir es nicht verhindert. *Er ruft durch die Loggia:* He da – Lucius Septimius. *Cäsar schreckt zusammen, tief bewegt.* Wenn du meine Stimme hören kannst, tritt vor und lege vor Cäsar Zeugnis ab.

CÄSAR *zurückschreckend:* Nein, nein.

THEODOTUS Und ich sage ja. Der Militärtribun soll seine Aussage machen.

Durch die Loggia tritt Lucius Septimius ein; er ist ein sauber rasierter, schmucker Athlet von ungefähr 40, hat regelmäßige Gesichtszüge, einen energischen Mund, eine hübsche, schmale römische Nase, trägt römische Offiziersuniform; er stellt sich Cäsar gegenüber, der sein Gesicht für einen Augenblick mit der Toga verdeckt. Dann hat Cäsar sich wieder in der Gewalt, läßt die Toga fallen und stellt sich dem Tribun mit Würde.

POTHINUS Lege Zeugnis ab, Lucius Septimius. Cäsar kam hierher in Verfolgung seines Feindes. Haben wir seinem Feind etwa Schutz geboten?

LUCIUS SEPTIMIUS Sobald Pompeius Ägyptens Küste betrat, fiel sein Haupt unter meinem Schwert.

THEODOTUS *mit boshafter Genugtuung:* Und bedenke, Cäsar, vor den Augen seiner Frau und seines Sohnes! Vom Schiff aus, dem er gerade entstiegen war, mußten sie zusehen. Süß und endgültig war die Rache, die wir dir verschafft haben.

CÄSAR *voller Schrecken:* Rache!

POTHINUS Und was war unsere erste Gabe an dich, als deine Galeere in der Reede einlief? Es war das Haupt deines Rivalen im Kampf um die Herrschaft der Welt. Bezeuge, Lucius Septimius, ist es nicht so?

LUCIUS Es ist so. Mit dieser Hand, derselben, mit der ich Pompeius tötete, legte ich sein Haupt Cäsar zu Füßen.

CÄSAR Mörder! Hätte Pompeius bei Pharsalia gesiegt, dann hättest du Cäsar getötet.

LUCIUS Weh den Besiegten, Cäsar. Als ich unter Pompeius kämpfte, tötete ich Männer, die so gut waren wie er. Ich tötete sie, weil er sie besiegte. Zuletzt kam die Reihe an ihn.

THEODOTUS *einschmeichelnd:* Es war nicht deine Tat, Cäsar, sondern unsere – nein, meine, denn ich gab den Rat. Dank uns ist der Ruf deiner Milde unversehrt, und deine Rache hast du trotzdem!

CÄSAR Rache! Immer Rache! Oh, wenn ich mich zur Rache erniedrigen könnte, was würde ich nicht von euch fordern als Preis für das Blut dieses Ermordeten. *Sie schrecken zurück, entsetzt und verwirrt.* Er war mein Schwiegersohn, mein ältester Freund, zwanzig Jahre lang der Herr des großen Rom, dreißig Jahre lang der Sieger in jeder Schlacht. Und hatte ich nicht als Römer teil an seinem Ruhm? Haben wir das Schicksal denn selbst bestimmt, das uns zwang, um die Herrschaft der Welt zu kämpfen? Bin ich Julius Cäsar, oder bin ich ein Wolf, daß ihr mir das ergraute Haupt eines alten Soldaten vorwerft – das Haupt des ruhmreichen Eroberers, des machtvollen Römers, auf heimtückische Weise abgeschlagen von diesem kaltblütigen Rohling hier, und dann kommt ihr noch und fordert meine Dankbarkeit! *Zu Lucius Septimius:* Mach, daß du wegkommst. Dein Anblick erfüllt mich mit Abscheu.

LUCIUS *kalt und ungerührt:* Ach, hör auf damit. Du hast schon früher abgeschlagene Köpfe gesehen, Cäsar, und ich glaube, auch abgeschlagene rechte Hände; einige tausend, denke ich, in Gallien, nach deinem Sieg über Vercingetorix. Hast du ihn, Vercingetorix, denn geschont in deiner vielgerühmten Milde? War das keine Rache?

CÄSAR Nein, bei den Göttern, nein! Wäre es doch Rache gewesen! Rache ist wenigstens menschlich. Aber ich sage nein! Diese abgeschnittenen rechten Hände, der tapfere Vercingetorix, auf schändliche Weise in einem Verlies unter dem Kapitol erwürgt, das war – *mit Schauder und Hohn* – Klugheit und Strenge, notwendiger Schutz des Gemeinwesens, es war staatsmännische Pflicht, alles Dummheit und Selbsttäuschung, zehnmal blutrünstiger als ehrliche Rache. Was für ein Narr war ich damals! Sich vorzustellen, daß Menschenleben in der Hand solcher Narren sind! *Demütig:* Verzeih mir, Lucius Septimius, was hat der Mörder des Vercingetorix dem Mörder des Pompeius vorzuwerfen? Du bist frei, geh mit den anderen, wohin du magst. Oder bleib, wenn du willst. Ich werde in meiner Armee ein Kommando für dich finden.

LUCIUS Die Chancen stehen gegen dich, Cäsar. Ich gehe. *Er wendet sich und geht durch die Loggia ab.*

RUFIO *voller Zorn, weil er seine Beute entkommen sieht:* Du weißt, was das bedeutet, er ist ein Republikaner.

LUCIUS *dreht sich auf den Stufen der Loggia herausfordernd zu ihm um:* Und was bist du?

RUFIO Ein Cäsarianer, wie alle Soldaten Cäsars.

CÄSAR *höflich:* Glaub mir, Lucius, Cäsar selbst ist kein Cäsarianer. Wäre Rom wirklich eine Republik, dann wäre Cäsar der erste Republikaner. Aber du hast dich entschieden. Leb wohl.

LUCIUS Leb wohl. Komm, Achillas, solange noch Zeit ist. *Cäsar, der Schlimmes befürchtet, weil er bemerkt, daß Rufios Temperament durchzugehen droht, legt diesem die Hand auf die Schulter und führt ihn tiefer in die Halle hinein, außerhalb der Gefahrenzone. Britannus begleitet die beiden und stellt sich rechts von Cäsar auf. Diese Bewegung bringt die drei als kleine Gruppe dorthin, wo Achillas steht, der sich hochmütig auf die andere Seite zu Theodotus begibt. Lucius Septimius verläßt an den Soldaten vorbei die Loggia. Pothinus, Theodotus, Achillas und die Höflinge folgen ihm, sehr mißtrauisch den Soldaten gegenüber, die hinter ihnen ihre Reihe schließen und sie ohne viel Federlesens vorantreiben. Der König bleibt in seinem Thronsessel allein, ängstlich und trotzig, mit zukkendem Gesicht und zuckenden Händen.*

RUFIO *während sich all das abspielt, laut vor sich hinbrummend:* Glaubst du, er ließe uns gehen, wenn er unser Leben in der Hand hätte?

CÄSAR Ich habe nicht das Recht, anzunehmen, seine Handlungen könnten niedriger sein als meine.

RUFIO Pah!

CÄSAR Rufio, wenn ich mir Lucius Septimius zum Vorbild nähme, genau so würde wie er; wenn ich aufhörte, Cäsar zu sein – würdest du mir dann noch dienen?

BRITANNUS Cäsar, es ist unvernünftig, was du tust. Deine Pflicht Rom gegenüber fordert, den Feind Roms daran zu hindern, daß er weiteres Unheil anrichtet.

Cäsar, dessen Vergnügen an der praktischen und nüchternen Moral seines britischen Sekretärs unerschöpflich ist, lächelt nachsichtig.

RUFIO Es hat keinen Zweck, mit ihm zu reden, Britannus. Spar deinen Atem, um deinen Porridge zu kühlen. Aber du, Cäsar, merke dir eins: Deine Milde ehrt dich, aber was bedeutet sie für deine Soldaten, die vielleicht morgen gegen die Männer kämpfen müssen, die du heute verschont hast? Du magst befehlen, was dir gefällt, aber ich versichere dir, dank deiner Milde wird dein nächster Sieg ein Gemetzel sein. Ich jedenfalls werde keine Gefangenen machen. Ich werde meine Feinde auf dem Schlachtfeld töten, und danach kannst du soviel Milde predigen, wie du willst. Ich brauche dann jedenfalls nie mehr gegen sie zu kämpfen. Und jetzt, wenn du gestattest, will ich die Herrschaften zur Tür begleiten. *Er wendet sich zum Gehen.*

CÄSAR *der sich umwendet und Ptolemäus erblickt:* Was? Sie haben den Jungen allein gelassen? Schändlich! Schändlich!

RUFIO *nimmt Ptolemäus bei der Hand und zieht ihn hoch:* Komm, Majestät.

PTOLEMÄUS *zu Cäsar, indem er seine Hand Rufio entzieht:* Wird er mich aus dem Palast werfen?

RUFIO *grimmig:* Du bist herzlich eingeladen zu bleiben, wenn du Lust hast.

CÄSAR *freundlich:* Es ist besser, du gehst, mein Junge. Ich werde dir nichts tun, aber draußen, bei deinen Freunden, bist du sicherer. Hier bist du im Rachen des Löwen.

PTOLEMÄUS *wendet sich zum Gehen:* Nicht den Löwen fürchte ich, sondern – *er blickt auf Rufio* – den Schakal! *Er geht durch die Loggia ab.*

CÄSAR *lacht zustimmend:* Tapferer Junge.

CLEOPATRA *eifersüchtig auf Cäsars Lob, ruft Ptolemäus*

nach: Du kleiner Dummkopf, du hältst dich wohl für sehr klug.

CÄSAR Britannus, kümmere dich um den König. Übergib ihn diesem Burschen da, diesem Pothinus.

Britannus geht hinter Ptolemäus her.

RUFIO *zeigt auf Cleopatra:* Und dieses kostbare Stück da? Was soll mit ihr geschehen? Na, ich denke, die kann ich dir überlassen. *Geht durch die Loggia ab.*

CLEOPATRA *errötet plötzlich und wendet sich Cäsar zu:* Wolltest du, daß ich mit den anderen gehe?

CÄSAR *nicht ganz bei der Sache – geht mit einem Seufzer auf Ptolemäus' Thronsessel zu, während Cleopatra mit glühenden Wangen und geballten Fäusten auf seine Antwort wartet:* Du bist frei und kannst tun, was dir gefällt, Cleopatra.

CLEOPATRA Es ist dir also gleichgültig, ob ich bleibe oder gehe?

CÄSAR *lächelnd:* Natürlich wäre es mir lieber, wenn du bliebest.

CLEOPATRA Viel, viel lieber?

CÄSAR *nickt:* Viel, viel lieber.

CLEOPATRA Dann erkläre ich mich einverstanden zu bleiben – weil ich darum gebeten werde. Aber merke dir, gerne tue ich es nicht.

CÄSAR Das wird als selbstverständlich vorausgesetzt. *Ruft:* Totateeta!

Ftatateeta, die immer noch dasitzt, wendet sich ihm mit finsterem Gesicht zu, ohne sich von der Stelle zu rühren.

CLEOPATRA *kurz auflachend:* Sie heißt nicht Totateeta, sie heißt Ftatateeta. *Ruft:* Ftatateeta!

Ftatateeta steht sofort auf und geht auf Cleopatra zu.

CÄSAR *über ihren Namen stolpernd:* Tfatafeeta wird der ungeschickten Zunge eines Römers verzeihen. Tota, die Königin wird hier in Alexandrien Hof halten. Sieh dich nach Frauen um, die ihr aufwarten, und kümmere dich um alles Notwendige.

FTATATEETA Ich bin also die Herrin der königlichen Hofhaltung?

CLEOPATRA *scharf:* Nein, die Herrin der königlichen Hofhaltung bin ich. Geh also und tu, was dir befohlen worden ist, oder ich laß dich noch heute abend in den Nil werfen, um die armen Krokodile zu vergiften.

CÄSAR *schockiert:* O nein, nein, nicht so!

CLEOPATRA Doch, doch so. Du bist sehr gefühlvoll, Cäsar, aber du bist klug, und wenn du tust, was ich dir sage, wirst du bald lernen, wie man regiert.

Cäsar, sprachlos über diese Frechheit, dreht sich in seinem Sessel um und starrt sie an.

Ftatateeta zeigt grimmig lächelnd ihre prachtvollen Zähne, geht dann und läßt die beiden allein.

CÄSAR Ich glaube wirklich, Cleopatra, ich muß dich doch noch auffressen.

CLEOPATRA *kniet neben ihn hin und blickt ihn mit einer eifrigen Aufmerksamkeit an, die teils echt, teils Attitüde ist, um ihm zu zeigen, wie klug sie ist:* Du sollst mit mir nicht mehr wie mit einem Kind sprechen.

CÄSAR Ja, du bist gewachsen, seit die Sphinx uns vor ein paar Nächten miteinander bekannt gemacht hat, und jetzt glaubst du schon, du weißt mehr als ich.

CLEOPATRA *gedämpft und bemüht, sich zu rechtfertigen:* Nein, das wäre sehr dumm von mir. Ich weiß natürlich, daß es nicht so ist. Aber – *plötzlich:* bist du böse mit mir?

CÄSAR Nein.

CLEOPATRA *glaubt ihm nicht ganz:* Warum bist du dann so nachdenklich?

CÄSAR *steht auf:* Ich habe zu tun, Cleopatra.

CLEOPATRA *schreckt zurück:* Zu tun? *Beleidigt:* Du bist es nur leid, mit mir zu sprechen, und brauchst eine Ausrede, um von mir wegzukommen.

CÄSAR *setzt sich wieder, um sie zu beruhigen:* Gut, meinetwegen also noch eine Minute – aber dann: an die Arbeit.

CLEOPATRA Arbeit. So ein Unsinn. Denke daran, daß du jetzt

König bist. Ich habe dich dazu gemacht, und Könige arbeiten nicht.

CÄSAR Ach nein, wer hat dir denn das gesagt, du kleines Kätzchen?

CLEOPATRA Mein Vater war König von Ägypten, und er hat nie gearbeitet, und doch war er ein großer König. Er hat meiner Schwester den Kopf abgeschlagen, weil sie sich gegen ihn erhob und ihm den Thron wegnahm.

CÄSAR Nun, und wie hat er seinen Thron zurückbekommen?

CLEOPATRA *eifrig, mit leuchtenden Augen:* Das will ich dir erzählen. Ein schöner junger Mann mit starken runden Armen kam über die Wüste mit vielen Reitern und tötete den Gatten meiner Schwester und gab meinem Vater seinen Thron zurück. *Versonnen:* Ich war damals erst zwölf. Ach, ich wünschte, der junge Mann würde jetzt wiederkommen, wo ich Königin bin. Ich würde ihn zum Gatten nehmen.

CÄSAR Das läßt sich vielleicht machen. Ich war es nämlich, der den jungen Mann hergeschickt hat, um deinem Vater zu helfen.

CLEOPATRA *hingerissen:* Du kennst ihn!

CÄSAR *nickt:* Ja, ich kenne ihn.

CLEOPATRA Ist er mit dir gekommen? *Cäsar schüttelt den Kopf. Sie ist enttäuscht.* Oh, ich wünschte, er wäre mit dir gekommen, ich wünschte, er wäre gekommen. Wenn ich nur ein bißchen älter wäre, dann würde er mich nicht für ein kleines Kätzchen halten, wie du es tust. Aber vielleicht tust du das, weil du alt bist. Er ist viel, viel jünger als du, nicht wahr?

CÄSAR *als schlucke er eine bittere Pille:* Ja, er ist ein bißchen jünger.

CLEOPATRA Glaubst du, wenn ich ihn darum bitte, würde er mein Mann?

CÄSAR Sehr wahrscheinlich.

CLEOPATRA Aber eigentlich soll nicht ich ihn fragen. Könntest du ihn nicht dazu bringen, daß er mich fragt – ohne, daß er erfährt, wie gerne ich möchte, daß er mich fragt?

CÄSAR *gerührt über ihre Ahnungslosigkeit, was den Charakter des schönen jungen Mannes betrifft:* Mein armes Kind.

CLEOPATRA Warum sagst du das? Es klingt, als hättest du Mitleid mit mir. Liebt er denn eine andere?

CÄSAR Ich fürchte ja.

CLEOPATRA *mit Tränen in den Augen:* Dann werde ich nicht seine erste Liebe sein.

CÄSAR Nein, nicht gerade die erste. Er wird von allen Frauen bewundert.

CLEOPATRA Ich wünschte, ich könnte seine erste Liebe sein. Aber wenn er mich liebt, werde ich dafür sorgen, daß er alle anderen umbringt. Sag mir, ist er immer noch schön? Leuchten seine starken runden Arme immer noch wie Marmor in der Sonne?

CÄSAR Er ist in großartiger Verfassung – wenn man bedenkt, wieviel er ißt und trinkt.

CLEOPATRA Oh, sag nicht so gemeine, irdische Dinge über ihn. Ich liebe ihn nämlich. Er ist ein Gott.

CÄSAR Er ist ein großer Reitergeneral, und kein anderer in Rom ist so flink auf den Beinen wie er.

CLEOPATRA Wie heißt er denn richtig?

CÄSAR *erstaunt:* Wie er richtig heißt?

CLEOPATRA Ja, wie er richtig heißt. Ich nenne ihn immer Horus, weil Horus der schönste unter unseren Göttern ist. Aber ich möchte wissen, wie er wirklich heißt.

CÄSAR Er heißt Mark Anton.

CLEOPATRA *singend:* Mark-Anton, Mark-Anton, Mark-Anton! Was für ein schöner Name. *Sie umschlingt Cäsars Hals mit ihren Armen.* Oh, ich liebe dich, weil du ihn meinem Vater zu Hilfe geschickt hast. Hast du meinen Vater sehr gern gehabt?

CÄSAR Nein, mein Kind. Denn, wie du richtig gesagt hast, dein Vater hat nie gearbeitet, und ich arbeite immer. Und als er seine Krone verlor, mußte er mir 16 000 Talente versprechen, damit ich ihm die Krone zurückholte.

CLEOPATRA Hat er dich je bezahlt?

CÄSAR Nicht die ganze Summe.

CLEOPATRA Er hat ganz recht getan, du warst viel zu teuer. 16 000 Talente ist die ganze Welt nicht wert.

CÄSAR Vielleicht hast du recht, Cleopatra. Die Ägypter, die arbeiten, zahlten soviel, wie er aus ihnen herauspressen konnte. Der Rest steht noch aus. Und da ich ihn sehr wahrscheinlich nie bekommen werde, muß ich mich wieder an die Arbeit machen. Und deshalb mußt du mich jetzt ein bißchen allein lassen und mir meinen Sekretär herschicken.

CLEOPATRA *schmeichelnd:* Nein, ich möchte hierbleiben und dir zuhören, wie du über Mark Anton sprichst.

CÄSAR Aber wenn ich jetzt nicht anfange zu arbeiten, werden Pothinus und die anderen uns vom Hafen abschneiden, und der Weg nach Rom ist versperrt.

CLEOPATRA Das macht nichts. Ich will nicht, daß du nach Rom zurückfährst.

CÄSAR Aber du möchtest doch, daß Mark Anton aus Rom herkommt?

CLEOPATRA *aufspringend:* Ja, natürlich, natürlich, das hab ich ja vergessen. Los, rasch an die Arbeit, Cäsar, und halte meinem Mark Anton den Seeweg offen. *Sie läuft durch die Loggia hinaus, wirft Mark Anton über das Meer hinweg eine Kußhand zu.*

CÄSAR *geht rasch durch die Mitte der Halle auf die Stufen der Loggia zu:* Hallo, Britannus! *Er schreckt zusammen, als plötzlich ein verwundeter römischer Soldat eintritt und auf der obersten Stufe ihm gegenüber stehenbleibt.* Was ist?

SOLDAT *zeigt auf seinen verbundenen Kopf:* Das hier, Cäsar – und zwei Kameraden auf dem Marktplatz getötet.

CÄSAR *gefaßt, aber aufmerksam:* Aha, und wie?

SOLDAT Eine Armee ist in Alexandria einmarschiert, sie nennt sich römische Armee.

CÄSAR Die römische Besatzungsarmee, was?

SOLDAT Ihr Anführer ist ein gewisser Achillas.

CÄSAR Und?

SOLDAT Als die Armee in die Stadttore eindrang, erhoben sich die Bürger gegen uns. Als die Nachricht kam, stand ich mit zwei anderen auf dem Marktplatz. Sie umzingelten uns, es gelang mir, durchzukommen, und hier bin ich.

CÄSAR Schön. Ich bin froh, daß du noch lebst. *Rufio betritt hastig die Loggia, geht hinter dem Soldaten her auf eins der Bogenfenster zu, um hinunter auf den Hafen zu blicken.* Rufio, wir sind belagert.

RUFIO Was? Schon?

CÄSAR Ob heute oder morgen, was macht das? Jedenfalls werden wir belagert sein.

Britannus kommt hereingelaufen.

BRITANNUS Cäsar ...

CÄSAR *nimmt ihm das Wort aus dem Mund:* Ja, ich weiß. *Rufio und Britannus kommen aus der Loggia aus entgegengesetzten Richtungen in die Halle herunter, stellen sich hinter Cäsar, der für einen Augenblick noch an der Treppe stehen bleibt, um zu dem Soldaten zu sprechen:* Kamerad, gib die Parole, zum Strand auszuweichen und die Boote zu halten. Laß deine Wunde verbinden. Geh. *Der Soldat läuft hinaus. Cäsar geht in die Halle hinunter, stellt sich zwischen Rufio und Britannus.* Rufio, wir haben noch ein paar Boote im Westhafen. Laß sie in Brand stecken.

RUFIO In Brand stecken!

CÄSAR Nimm alle Boote, die wir im Osthafen haben, und besetze den Pharus – die Insel mit dem Leuchtfeuer. Laß die Hälfte deiner Leute hier, um den Strand zu halten und den Kai vor dem Palast: Das ist der Weg nach Hause.

RUFIO *im Ton äußerster Mißbilligung:* Geben wir etwa die Stadt auf?

CÄSAR Wir haben sie noch gar nicht, Rufio. Was wir haben, ist der Palast, und – was für ein Gebäude ist das nebenan?

RUFIO Das Theater.

CÄSAR Das werden wir auch haben, damit beherrschen wir den Strand. Was den Rest betrifft: Ägypten den Ägyptern.

RUFIO Nun, ich nehme an, du weißt, was du tust. Sonst noch was?

CÄSAR Nein, das wär's. Sind die Schiffe schon in Brand?

RUFIO Nicht so hastig, ich werde keine Zeit mehr verlieren. *Er läuft hinaus.*

BRITANNUS Cäsar, Pothinus ersucht um ein Gespräch mit dir. Meiner Meinung nach muß ihm eine Lektion erteilt werden. Sein Benehmen ist höchst unverschämt.

CÄSAR Wo ist er?

BRITANNUS Er wartet draußen.

CÄSAR He da! Laßt Pothinus herein.

Pothinus erscheint in der Loggia, kommt in hochmütiger Haltung in die Halle herunter, stellt sich links von Cäsar.

CÄSAR Nun, Pothinus?

POTHINUS Ich überbringe dir unser Ultimatum, Cäsar.

CÄSAR Ultimatum? Das Tor war offen, du hättest hinausgehen sollen, bevor der Krieg erklärt wurde. Jetzt bist du mein Gefangener. *Er geht auf den Thronsessel zu und löst seine Toga.*

POTHINUS *wütend:* Ich dein Gefangener? Weißt du nicht, daß du in Alexandria bist, und daß unser König Ptolemäus die Stadt in der Hand hat – mit seiner Armee, die deiner winzigen Truppe hundert zu eins überlegen ist?

CÄSAR *zieht unbeeindruckt seine Toga aus und wirft sie auf den Sessel:* Nun, mein Freund, dann geh, wenn du kannst. Und sage deinen Freunden, sie sollen auf dem Marktplatz keinen Römer mehr töten. Sonst werden meine Soldaten, die meine berühmte Milde nicht teilen, dich töten. Britannus, gib der Wache die Parole und hol meine Rüstung. *Britannus ab, Rufio kommt zurück.* Ja, was gibt's?

RUFIO *zeigt aus der Loggia auf eine Rauchwolke, die über den Hafen hinwegzieht:* Da – sieh! *Pothinus läuft eifrig die Treppe hinauf, um hinauszuschauen.*

CÄSAR Was? Schon in Flammen? Unmöglich!

RUFIO Ja, fünf gute Schiffe, und an jedes eine Barke mit Öl festgehakt. Aber das ist nicht mein Werk, die Ägypter haben mir die Mühe erspart. Sie haben den Westhafen eingenommen.

CÄSAR *besorgt:* Und den Osthafen? Und den Leuchtturm, Rufio?

RUFIO *kommt plötzlich auf Cäsar zu, stößt einen Strom von Verwünschungen aus:* Kann ich vielleicht in fünf Minuten eine ganze Legion einschiffen? Die erste Kohorte ist schon am Strand. Mehr können wir nicht tun. Wenn du willst, daß es schneller geht, komm und mach es selbst.

CÄSAR *beruhigend:* Gut, gut, Rufio, Geduld, Geduld.

RUFIO Geduld! Wer ist hier ungeduldig, du oder ich? Wäre ich hier, wenn ich nicht vom Balkon aus alles überschauen könnte?

CÄSAR Verzeih, Rufio, und treib sie zur Eile an, so gut es ... *Er wird unterbrochen durch das Geschrei eines alten Mannes, der in äußerster Not zu sein scheint. Das Geschrei nähert sich, Theodotus eilt herein, er rauft sein Haar und stößt Schreie äußersten Jammers aus. Rufio kommt zurück, starrt ihn an, erstaunt über seine vollkommene Fassungslosigkeit. Pothinus dreht sich um und hört zu.*

THEODOTUS *auf den Treppenstufen, mit erhobenen Armen:* Oh, unaussprechlicher Schrecken. O Jammer! Helft! Helft!

RUFIO Was gibt's denn?

CÄSAR *die Stirn runzelnd:* Wer ist getötet worden?

THEODOTUS Getötet! Oh, das ist schlimmer als der Tod von zehntausend Mann. Ein unersetzlicher Verlust für die ganze Menschheit.

RUFIO Was ist geschehen, Mann?

THEODOTUS *rennt die Treppe hinunter, stellt sich zwischen sie:* Das Feuer von euren Schiffen hat sich ausgebreitet. Das erste der sieben Weltwunder geht zugrunde! Die Bibliothek von Alexandria steht in Flammen!

RUFIO Ach so.

Er geht erleichtert in die Loggia hinauf und beobachtet die Operation seiner Truppen am Strand.

CÄSAR Sonst noch was?

THEODOTUS *unfähig, seinen Ohren zu trauen:* Sonst noch was! Cäsar, willst du als barbarischer Landsknecht auf die Nachwelt kommen, als einer, der zu unwissend war, um den Wert von Büchern zu schätzen?

CÄSAR Ich bin selbst Schriftsteller, Theodotus, und ich sage dir, es ist besser für die Ägypter, ihr Leben zu leben, als sich mit Hilfe von Büchern daraus hinwegzuträumen.

THEODOTUS *kniet mit der ehrlichen Aufwallung des Literaturliebhabers, der eigentlichen Leidenschaft des Pedanten, vor Cäsar nieder:* Cäsar, ein einziges Mal in zehn Generationen wird der Menschheit ein unsterbliches Buch geschenkt.

CÄSAR *unbeugsam:* Und wenn es der Menschheit nicht schmeichelte, würde es öffentlich verbrannt.

THEODOTUS Ohne Geschichtsschreibung wirst du namenlos neben dem gewöhnlichsten deiner Soldaten beerdigt.

CÄSAR Dafür wird der Tod ohnehin sorgen. Ich will gar kein besseres Grab.

THEODOTUS Was dort verbrennt, ist das Gedächtnis der ganzen Menschheit.

CÄSAR Ein beschämendes Gedächtnis. Laß es verbrennen.

THEODOTUS *wild, erregt:* Willst du die Vergangenheit zerstören?

CÄSAR Ja, und auf den Überresten werde ich die Zukunft bauen. *Theodotus schlägt sich vor Verzweiflung mit den Fäusten gegen die Schläfen.* Und hör mir zu, Theodotus, Lehrmeister von Königen, hör mir zu, du, der du den Kopf des Pompeius kaum höher eingeschätzt hast als ein Hirte eine Zwiebel einschätzt; der du jetzt vor mir kniest, mit Tränen in deinen alten Augen, und mich anflehst wegen ein paar Schafshäuten, die mit Irrtümern vollgekritzelt sind. Ich kann weder einen Mann noch einen Eimer Wasser für dich erübrigen, aber du sollst den Palast ungehindert verlassen dürfen. Und jetzt weg mit dir, zu Achillas! Er soll dir seine Legionen geben, um das Feuer zu löschen. *Er treibt ihn die Treppe hinauf.*

POTHINUS *bedeutungsvoll:* Du verstehst, Theodotus, ich bleibe hier als Gefangener.

THEODOTUS Als Gefangener?

CÄSAR Willst du hier herumstehen und schwätzen, während das Gedächtnis der Menschheit verbrennt? *Ruft durch die Loggia:* He da! Laßt Theodotus durch. *Zu Theodotus:* Mach, daß du wegkommst!

THEODOTUS *zu Pothinus:* Ich muß gehen, um die Bibliothek zu retten.

Er eilt hinaus.

CÄSAR Begleite ihn ans Tor, Pothinus, und bitte ihn, dafür zu sorgen, daß eure Leute keinen römischen Soldaten mehr töten. Es geht um dein Leben.

POTHINUS Mein Leben würde dich teuer zu stehen kommen, Cäsar. *Er folgt Theodotus.*

Rufio, ganz damit beschäftigt, die Einschiffung zu beobachten, bemerkt den Abgang der beiden Ägypter nicht.

RUFIO *ruft aus der Loggia zum Strand hinunter:* Fertig da unten?

EIN CENTURIO *von unten:* Fertig. Wir warten auf Cäsar.

CÄSAR Sag ihnen, Cäsar kommt gleich – diese Schurken! *Ruft:* Britannicus! *Es ist einer von Cäsars Scherzen, den Namen seines Sekretärs auf diese gewichtige Weise zu verlängern. In späteren Jahren würde es allen Ernstes und offiziell bedeutet haben: Eroberer Britanniens.*

RUFIO *ruft hinunter:* Alles bis auf das Langboot ablegen! Cäsars Wache, fertigmachen zum Einschiffen. *Er verläßt den Balkon und kommt in die Halle hinunter.* Wo sind nur diese Ägypter? Noch mehr Milde? Hast du sie laufenlassen?

CÄSAR *kichernd:* Ich habe Theodotus laufenlassen, um die Bibliothek zu retten. Wir müssen die Literatur respektieren, Rufio.

RUFIO *rasend:* Mögen deine Torheiten über dich kommen. Ich glaube, du brächtest es fertig, alle Toten Spaniens, Galliens und Thessaliens wieder zum Leben zu erwecken, nur damit wir sie alle noch einmal bekämpfen müßten.

CÄSAR Müßten nicht die Götter wohl gar die Welt zerstören, wenn sie an nichts anderes dächten, als im nächsten Jahr Frieden zu haben? *Rufio, ohne jede Geduld, wendet sich ärgerlich ab. Cäsar faßt ihn plötzlich am Ärmel und flüstert ihm leise ins Ohr:* Übrigens, mein Freund, bedeutet nicht jeder gefangene Ägypter zwei festgehaltene römische Soldaten, die ihn bewachen. Wie?

RUFIO Oh, ich hätte es wissen müssen, daß sich hinter deinen schönen Worten ein schlauer Trick verbirgt. *Mit einem übellaunigen Schulterzucken geht er von Cäsar weg zum Balkon, blickt noch einmal auf die Operationen am Strand, geht dann ab.*

CÄSAR Schläft Britannus? Ich habe ihn schon vor einer Stunde nach meiner Rüstung geschickt. *Ruft:* Britannicus, he, britischer Inselbewohner! Britannicus!

Cleopatra kommt durch die Loggia gelaufen, sie trägt Cäsars Helm und sein Schwert, die sie Britannus aus der Hand gerissen hat. Er kommt hinter ihr mit Cäsars Brustpanzer und den Beinschienen. Sie eilen auf Cäsar zu, Cleopatra links, Britannus rechts von ihm.

CLEOPATRA Jetzt werde ich dich anziehen, Cäsar. Setz dich. *Er gehorcht.* Diese römischen Helme sind so kleidsam. *Sie nimmt ihm den Lorbeerkranz ab.* O weh! *Sie bricht in Lachen aus.*

CÄSAR Worüber lachst du?

CLEOPATRA Du bist ja kahl. *Sie spricht das K in kahl noch deutlich, den Rest stammelt sie.*

CÄSAR *fast ärgerlich:* Cleopatra! *Er steht auf, um Britannus das Anlegen des Brustpanzers zu erleichtern.*

CLEOPATRA Deshalb also trägst du den Lorbeerkranz – um es zu verbergen.

BRITANNUS Sei still, Ägypterin, das sind die Lorbeeren des

Eroberers.

CLEOPATRA Sei du still, du Inselbewohner. *Zu Cäsar:* Du solltest deinen Kopf mit starkem Rum einreiben. Dann wächst es wieder.

CÄSAR *mit saurem Gesicht:* Cleopatra, hast du es gern, wenn man dich daran erinnert, wie jung du bist?

CLEOPATRA *schmollend:* Nein.

CÄSAR *setzt sich wieder, streckt sein Bein Britannus hin, der ihm die Beinschienen anlegt:* Und ich werde nicht gern daran erinnert, daß ich – mittleren Alters bin. Soll ich dir zehn von meinen überflüssigen Jahren geben? Dann bist du sechsundzwanzig, und es bleiben für mich nur – ach, egal wieviel. Ist das ein gutes Angebot?

CLEOPATRA Abgemacht. Stell dir vor, sechsundzwanzig! *Sie setzt ihm den Helm auf.* Oh, wie hübsch. Du siehst darin aus, als wärst du höchstens um die fünfzig.

BRITANNUS *blickt Cleopatra streng an:* So darfst du nicht mit Cäsar sprechen.

CLEOPATRA Stimmt es, daß du am ganzen Körper blau angemalt warst, als Cäsar dich auf deiner Insel da gefangennahm?

BRITANNUS Alle Briten gehobenen Standes tragen Blau. Und im Krieg färben wir unsere Körper blau. Mögen unsere Feinde uns dann unserer Kleider und unseres Lebens berauben – unseres Ranges können sie uns nicht berauben. *Er steht auf.*

CLEOPATRA *Cäsars Schwert in der Hand:* Laß mich es dir umhängen. Jetzt siehst du großartig aus. Haben sie in Rom schon Statuen von dir gemacht?

CÄSAR Ja, viele.

CLEOPATRA Du mußt eine herschicken lassen und sie mir schenken.

RUFIO *kommt in die Loggia zurück, ungeduldiger denn je:* Nun, Cäsar, bist du mit Schwätzen fertig? In dem Augenblick, wo du deinen Fuß ins Boot setzt, wird nichts mehr unsere Männer zurückhalten. Es wird ein Rennen zum

Leuchtturm geben.

CÄSAR *zieht sein Schwert und prüft die Schneide:* Ist es heute gut geschliffen, Britannicus? Bei Pharsalia war es so stumpf wie eine Faßdaube.

BRITANNUS Heute kannst du eines Ägypters Haar damit spalten, Cäsar. Ich selbst habe es geschliffen.

CLEOPATRA *umschlingt in plötzlichem Schrecken Cäsars Hals:* Du gehst doch nicht wirklich in die Schlacht, um dich töten zu lassen?

CÄSAR Nein, Cleopatra. Kein Mann zieht in die Schlacht, um sich töten zu lassen.

CLEOPATRA Aber manche werden getötet. Mein Schwager wurde in der Schlacht getötet. Du darfst nicht gehen. Laß doch ihn gehen. *Sie zeigt auf Rufio. Alle lachen über sie.* Oh, bitte, bitte, geh nicht! Was soll denn aus mir werden, wenn du nicht zurückkommst?

CÄSAR *ernsthaft:* Hast du Angst?

CLEOPATRA *zusammenzuckend:* Nein.

CÄSAR *ruhig und bestimmt:* Geh auf den Balkon, dann kannst du zusehen, wie wir den Pharus nehmen. Du mußt lernen, Schlachten zuzusehen. Geh. *Sie geht niedergeschlagen zum Balkon und blickt hinaus.* So ist's recht, und jetzt, Rufio, los!

CLEOPATRA *klatscht plötzlich in die Hände:* Oh, du kannst gar nicht weggehen.

CÄSAR Warum? Was ist?

CLEOPATRA Sie schöpfen mit Eimern den Hafen leer – eine Unmenge von Soldaten – da – *sie zeigt über das Meer hinweg nach links hinüber* – sie schöpfen das ganze Wasser aus.

RUFIO *läuft rasch hin und schaut hinaus:* Sie hat recht. Die ganze ägyptische Armee – wie Heuschrecken kriechen sie am Westhafen entlang. *Er kommt in plötzlicher Wut auf Cäsar zugelaufen.* Das haben wir von deiner verfluchten Milde, Cäsar. Theodotus hat sie dorthin gebracht.

CÄSAR *entzückt von seiner eigenen Klugheit:* Deswegen habe

ich ihn ja laufenlassen, Rufio. Sie sind gekommen, um das Feuer zu löschen. Die Bibliothek wird sie beschäftigen, während wir den Leuchtturm nehmen. Wie findest du das? *Er stürzt strahlend durch die Loggia hinaus, Britannus folgt ihm.*

RUFIO *angeekelt:* Ach, wieder nur ein Trick. *Er läuft rasch hinaus. Unten kündigt ein Heilruf der Soldaten an, daß Cäsar angekommen ist.*

CENTURIO *unten:* Alle Mann an Bord! Platz da! *Wieder ein Heilruf.*

CLEOPATRA *winkt mit ihrem Schal durch das Bogenfenster der Loggia:* Auf Wiedersehen, lieber Cäsar, auf Wiedersehen! Komm gesund zurück. Auf Wiedersehen.

Dritter Akt

An der Rampe des Quais vor dem königlichen Palast. Man blickt in westlicher Richtung (nach rechts?) über den Osthafen von Alexandria hinweg auf die Pharus-Insel, an deren Ende, und mit ihr durch eine schmale Mole verbunden, das berühmte Leuchtfeuer zu sehen ist, ein riesiger viereckiger Turm aus weißem Marmor, der sich nach oben von Stockwerk zu Stockwerk verjüngt, auf seiner Spitze die Pfanne für das Leuchtfeuer. Die Insel ist mit dem Festland duch das Heptastadium verbunden, einen acht Kilometer langen Damm, der den Hafen gegen Süden hin abgrenzt.
Mitten auf dem Quai steht ein römischer Posten auf Wache; den Speer in der Rechten, mit der linken Hand seine Augen abschirmend, blickt er mit gespannter Aufmerksamkeit zum Leuchtturm hin. Der Speer ist ein dicker hölzerner Stab, etwa 1,30–1,40 m lang mit einer ungefähr 90 cm langen eisernen Spitze. Der Posten ist so versunken, daß er eine näherkommende Gruppe von vier ägyptischen Lastträgern nicht bemerkt. Sie tragen Teppichrollen. Ftatateeta und Apollodorus, der Sizilianer, gehen ihnen voran. Apollodorus ist ein flotter junger Mann von 24, hübsch und heiter; er ist mit ausgesuchtem Geschmack in zartestem Purpur und Taubengrau gekleidet, seine Kleider sind mit Schmuck aus Bronze, oxydiertem Silber, mit Jade und Achatsteinen verziert. Sein Schwert ist reich geschmückt wie ein mittelalterliches Altarkreuz: die blaue Klinge scheint durch eine durchbrochene Scheide aus purpurnem Leder und Filigran. Die Lastträger, von Ftatateeta angeführt, gehen hinter dem Posten her auf die Stufen des Palastes zu, legen ihre Ballen ab und kauern sich am Boden hin. Apollodorus trennt sich von der Gruppe und bleibt stehen, amüsiert über die Unaufmerksamkeit des Postens.

APOLLODORUS *ruft den Posten an:* Hallo, wer kommt denn da?

POSTEN *schreckt heftig hoch, dreht sich mit erhobenem Speer um, entpuppt sich als kleiner, drahtiger, gewissenhafter junger Mann mit sandfarbenem Haar und etwas ältlichem Gesicht:* Was soll das? Halt! Wer bist du?

APOLLODORUS Ich bin Apollodorus, der Sizilianer. Was ist denn, Junge, welch schönen Traum träumst du eigentlich? Seitdem ich durch die Postenkette am Theater da unten durch bin, habe ich mit meiner kleinen Karawane drei Posten passiert. Sie starrten alle drei so angestrengt zum Leuchtfeuer hinüber, daß mich keiner anhielt. Ist das römische Disziplin?

POSTEN Wir sind nicht hier, um das Land, sondern um die See zu bewachen. Cäsar ist soeben am Pharus angekommen. *Blickt auf Ftatateeta.* Was hast du denn bei dir? Wer ist die ägyptische Tonfigur da?

FTATATEETA Weise diesen römischen Hund in seine Schranken, Apollodorus, gebiete ihm, seine Zunge zu zügeln. Er spricht mit Ftatateeta, der Herrin der königlichen Hofhaltung.

APOLLODORUS Du hast es mit einer hohen Dame zu tun, mein Freund. Sie steht bei Cäsar in großem Ansehen.

POSTEN *nicht im geringsten beeindruckt, zeigt auf die Teppichballen:* Und was ist mit diesem Zeug da?

APOLLODORUS Das sind Teppiche zur Ausstattung der königlichen Gemächer. Ich habe sie unter den besten Teppichen der Welt ausgesucht, und aus meiner Auswahl soll sich die Königin die besten auswählen.

POSTEN Dann bist du also ein Teppichhändler.

APOLLODORUS *verletzt:* Ich bin ein Patrizier, mein Freund.

POSTEN Ein netter Patrizier, der Handel treibt, anstatt mit der Waffe zu dienen!

APOLLODORUS Ich treibe keinen Handel, ich hüte einen Tempel der schönen Künste. Ich bin ein Verehrer der Schönheit und dazu berufen, für schöne Königinnen schöne Dinge auszuwählen. Mein Motto heißt: L'art pour l'art.

POSTEN Das ist nicht die Parole von heute.

APOLLODORUS Es ist eine Parole, die immer und überall gilt.

POSTEN Ich weiß nichts von Parolen, die immer und überall gelten. Nenne mir also die heutige Parole, oder geh in deinen Laden zurück.

Ftatateeta, durch den feindseligen Ton gereizt, schleicht sich auf die Rampe zu und stellt sich hinter den Posten.

APOLLODORUS Und wenn ich weder das eine noch das andere tue?

POSTEN Dann werde ich dich mit diesem Speer durchbohren.

APOLLODORUS Ich stehe dir zur Verfügung, mein Freund. *Er zieht sein Schwert und nimmt in unbeirrter Anmut Fechtposition ein.*

FTATATEETA *ergreift plötzlich von hinten die Arme des Postens und hält sie fest:* Bohre diesem Hund dein Schwert durch die Kehle, Apollodorus.

Der ritterliche Apollodorus schüttelt lachend den Kopf, weicht zurück auf den Palast zu und senkt sein Schwert.

POSTEN *wehrt sich vergebens:* Verfluchtes Biest. Laß mich los. He, Hilfe!

FTATATEETA *hebt ihn in die Luft:* Stich ihn ab, dieses kleine römische Reptil. Spieß ihn auf mit deinem Schwert.

Einige römische Soldaten, mit einem Hauptmann an der Spitze, kommen vom nördlichen Ende des Quais an der Rampe entlanggelaufen. Sie befreien ihren Kameraden, stoßen Ftatateeta beiseite, die links vom Posten taumelnd nach hinten fliegt.

HAUPTMANN *ein unansehnlicher, kurz angebundener Mann von etwa fünfzig, mit einer Rebholzkeule in der Hand:* Was soll das Ganze? Was ist los?

FTATATEETA *zu Apollodorus:* Warum hast du ihn nicht erstochen? Du hattest doch Zeit genug?

APOLLODORUS Hauptmann, ich bin hier auf Befehl der Königin, um...

HAUPTMANN *unterbricht ihn:* Befehl der Königin! Ja, ja. *Zum Posten:* Laß ihn durch. Laß das ganze Marktgesindel mit seinen Waren durch, aber gib mir acht, daß du keinen rausläßt, den du nicht reingelassen hast – und wär's die Königin selbst.

POSTEN Das alte Weib ist gefährlich, sie hat dem Händler gesagt, er soll mich erstechen.

APOLLODORUS Hauptmann, ich bin kein Händler. Ich bin ein Patrizier, ein Kunstexperte.

HAUPTMANN Ist dieses Weib deine Frau?

APOLLODORUS *entsetzt:* Nein, um Gottes willen, nein. *Dann, indem er sich höflich korrigiert:* Ich will nicht sagen, daß sie nicht auf ihre Art eine imponierende Erscheinung wäre, aber – *mit Betonung* – meine Frau ist sie nicht.

FTATATEETA *zum Hauptmann:* Römer, ich bin Ftatateeta, die Herrin der königlichen Hofhaltung.

HAUPTMANN Laßt Eure Finger von meinen Leuten, Madam, oder ich befehle, Euch in den Hafen zu werfen, mögt Ihr auch stark sein wie zehn Männer. *Zu seinen Leuten:* Los, an eure Posten! *Er geht mit den Leuten den Weg zurück, den sie gekommen sind.*

FTATATEETA *sieht ihm mit bösem Blick nach:* Wir werden ja sehen, wem Isis den Vorzug gibt, ihrer Dienerin Ftatateeta oder diesem römischen Hund.

POSTEN *zu Apollodorus, indem er mit seinem Speer auf den Palast zeigt:* Geh rein – und bleib mir vom Leibe. *Wendet sich Ftatateeta zu:* Und du, altes Krokodil, wenn du mir auf Armeslänge nahekommst, treib ich dir den hier – *hebt den Speer* – durchs Maul.

CLEOPATRA *ruft aus dem Palast:* Ftatateeta, Ftatateeta!

FTATATEETA *blickt hoch, empört:* Geh vom Fenster weg – weg vom Fenster! Es sind Männer hier unten.

CLEOPATRA Ich komme runter.

FTATATEETA *verstört:* Nein, nein! Was hast du im Sinn? Oh, ihr Götter, ihr Götter. Apollodorus, gebiete deinen Männern, ihre Ballen aufzunehmen, und dann schnell hinein mit uns!

APOLLODORUS Tut, was die Herrin der königlichen Hofhaltung sagt.

FTATATEETA *ungeduldig, während die Träger sich bücken, um ihre Lasten aufzunehmen:* Rasch, macht voran, sonst kommt sie uns zuvor. *Cleopatra kommt aus dem Palast und läuft über den Quai auf Ftatateeta zu.* Ach, wär ich doch nie geboren!

CLEOPATRA *eifrig:* Mir ist etwas eingefallen, Ftatateeta – ich brauche ein Boot, und zwar sofort.

FTATATEETA Ein Boot? Nein, das geht nicht. Apollodorus, erklär du es der Königin.

APOLLODORUS *sehr galant:* O schöne Königin, ich bin Apollodorus, der Sizilianer; ich komme vom Markt, um dir meine Dienste anzubieten. Ich habe dir die drei schönsten Perserteppiche der Welt mitgebracht – wähle einen aus!

CLEOPATRA Ich habe heute keine Zeit für Teppiche. Besorge mir ein Boot.

FTATATEETA Was ist das wieder für eine Laune? Du kannst nicht aufs Wasser – nur in der königlichen Galeere.

APOLLODORUS Ftatateeta, nicht ein Schiff ist Träger des Königtums, sondern die Königin selbst. *Zu Cleopatra:* Sobald Ihre Majestät mit ihrem Fuß das Deck des niedrigsten aller Boote betritt, ist es ein königliches Boot. *Er wendet sich dem Hafen zu und ruft übers Wasser:* Ahoi, Bootsmann, komm rüber und leg an den Stufen hier an.

CLEOPATRA Du bist ein vollendeter Ritter, Apollodorus, und ich werde immer meine Teppiche bei dir kaufen. *Apollodorus verbeugt sich hocherfreut. Ein Ruder wird über der Quaimauer sichtbar, der Schiffer, ein Bursche mit kugelrundem Kopf, lebhaft, grinsend, von der Sonne fast schwarzgebrannt, kommt rechts von dem Posten eine Anlegetreppe herauf, bleibt mit dem Ruder in der Hand wartend oben stehen.* Kannst du rudern, Apollodorus?

APOLLODORUS Meine Ruder werden die Schwingen Ihrer Majestät sein! Wohin soll ich meine Königin rudern?

CLEOPATRA Zum Leuchtturm, komm. *Sie geht auf die Treppe zu.*

POSTEN *stellt sich ihr mit erhobenem Speer entgegen:* Halt! Du darfst nicht durch.

CLEOPATRA *errötet vor Ärger:* Wie kannst du es wagen? Weißt du nicht, daß ich die Königin bin?

POSTEN Ich habe meine Befehle, und du kannst nicht durch.

CLEOPATRA Wenn du mir nicht gehorchst, werde ich dafür sorgen, daß Cäsar dich töten läßt.

POSTEN Wenn ich meinem Vorgesetzten nicht gehorche, wird er noch schlimmer mit mir verfahren. Bleib zurück!

CLEOPATRA Erwürge ihn, Ftatateeta.

POSTEN *aufgeschreckt, blickt besorgt auf Ftatateeta und schwingt seinen Speer:* Bleib mir ja vom Leib!

CLEOPATRA *läuft auf Apollodorus zu:* Apollodorus, deine Sklaven sollen uns helfen.

APOLLODORUS Deren Hilfe brauche ich nicht, Herrin. *Er zieht sein Schwert.* Komm her, Soldat, wähle die Waffe, mit der du dich verteidigen willst. Soll es Schwert gegen Speer sein, oder Schwert gegen Schwert?

POSTEN Nein, verflucht, Römer gegen Sizilianer soll es sein. Da – und da ... *Er schleudert seinen Speer auf Apollodorus, der sich geschickt auf ein Knie fallen läßt. Der Speer fliegt zischend über seinen Kopf hinweg und fällt hin, ohne Schaden anzurichten. Apollodorus springt mit einem triumphierenden Schrei auf und greift den Römer an, der sein Schwert zieht, um sich zu verteidigen; er ruft:* He da – Wache – Hilfe!

Cleopatra, teils erschreckt, teils entzückt, zieht sich in die Nähe des Palastes zurück, wo die Lastträger zwischen ihren Ballen hocken. Der Schiffer rennt verstört aus der Gefahrenzone weg, die Treppe hinunter, bleibt aber, um dem Zweikampf zuzusehen, mit dem Kopf über der Quaimauer. Der Posten ist nicht ganz bei der Sache, weil er einen Angriff Ftatateetas aus dem Hinterhalt fürchtet. Seine Fechtkunst, die von recht grober Art ist, wird schwer auf die Probe gestellt, weil er hin und wieder im Schlagwechsel mit Apollodorus in Ftatateetas Richtung stechen muß, um sie zurückzuhalten. Der Hauptmann kommt zurück mit einigen Soldaten. Sobald diese Verstärkung auftritt, springt Apollodorus nach hinten, auf Cleopatra zu.

HAUPTMANN *stellt sich rechts neben den Posten:* Was ist denn da schon wieder?

POSTEN *keuchend:* Ich wäre schon fertiggeworden, wenn dieses alte Weib da nicht wäre. Haltet sie mir fern, mehr Hilfe brauch ich nicht!

HAUPTMANN Mach deine Meldung, Soldat. Was hat sich abgespielt?

FTATATEETA Hauptmann, er hätte die Königin umgebracht.

POSTEN *grob:* Ja, das hätte ich – jedenfalls eher, als sie durchzulassen. Sie wollte ein Boot nehmen und – so sagte sie – zum Leuchtturm fahren. Ich hielt sie an, wie mir befohlen war, da hetzte sie mir diesen Burschen auf den Hals. *Er geht, hebt seinen Speer auf und stellt sich wieder hin, wo er gestanden hat.*

HAUPTMANN *wendet sich Cleopatra zu:* Cleopatra, es widerstrebt mir, dich zu kränken, aber ohne Cäsars Befehl dürfen wir dich nicht durch die römischen Linien lassen.

APOLLODORUS Schön, Hauptmann, aber liegt nicht der Leuchtturm innerhalb der römischen Linien, seit Cäsar da gelandet ist?

CLEOPATRA Ja, so ist es – was hast du darauf zu sagen?

HAUPTMANN *zu Apollodorus:* Du, Apollodorus, solltest den Göttern dankbar sein, daß du nicht mit einem Speer an die Palasttür geheftet worden bist. Was hast du dich hier einzumischen?

APOLLODORUS *gelassen:* Mein kriegerischer Freund, es ist mir eben nicht bestimmt, durch eine so häßliche Waffe getötet zu werden. Wenn ich sterbe, dann nur – *hält sein Schwert hoch* – durch diese glänzende Königin der Waffen, die einzige, die einem Künstler gemäß ist. Und jetzt, wo wir dich überzeugt haben, daß wir nicht hinter die römischen Linien wollen, laß mich deinen Posten erledigen und mit der Königin abfahren.

HAUPTMANN *da der Posten eine drohende Bewegung macht:* Ruhig, du! Cleopatra, ich muß mich an meine Befehle halten, nicht an die Spitzfindigkeiten dieses Sizilianers. Du mußt dich also in den Palast begeben und dort einen Teppich aussuchen.

CLEOPATRA *schmollend:* Nein, das werde ich nicht tun. So wie du mit mir sprichst, spricht Cäsar nicht mit mir. Haben Cäsars Hauptleute die Manieren seiner Küchenknechte angenommen?

HAUPTMANN *mürrisch:* Ich tu nur meine Pflicht. Das genügt mir.

APOLLODORUS Majestät, wenn ein dummer Mensch etwas tut, dessen er sich schämt, wird er immer erklären, es sei seine Pflicht.

HAUPTMANN *böse:* Apollodorus ...

APOLLODORUS *unterbricht ihn auf aufreizend lässige Art:* Zu gegebener Zeit und am gegebenen Ort werde ich mit meinem Schwert für diese Beleidigung Genugtuung leisten. Wer Kunst sagt, sagt Zweikampf. *Zu Cleopatra:* Hör meinen Rat, o Stern des Orients. Solange nicht Cäsar selbst diesen Soldaten Befehl gibt, bist du ihre Gefangene. Laß mich also mit einer Botschaft von dir zu ihm fahren, und noch ehe die Sonne halb über diese Bucht gesunken ist, bring ich ihnen Cäsars Befehl, dich freizulassen.

HAUPTMANN *höhnisch zu Apollodorus:* Und dieses Geschenk wirst du der Königin sicher teuer verkaufen.

APOLLODORUS Ohne dafür zu bezahlen, als freiwilligen Tribut des sizilianischen Geschmacks an die ägyptische Schönheit, Hauptmann, soll die Königin sich den wertvollsten dieser Teppiche als Geschenk für Cäsar aussuchen.

CLEOPATRA *triumphierend, zum Hauptmann:* Siehst du jetzt, was für ein dummer und gewöhnlicher Kerl du bist?

HAUPTMANN *trocken:* Nun, schnell verliert ein Narr sein Hab und Gut. *Wendet sich seinen Leuten zu.* Der Posten hier wird auf drei Mann verstärkt, und seht mir zu, daß keiner den Palast verläßt außer diesem Mann hier und seiner Ware, und wenn er noch einmal innerhalb unserer Linien sein Schwert zieht, tötet ihn. Auf eure Posten, marsch! *Er läßt zwei zusätzliche Posten beim ersten und geht zurück.*

APOLLODORUS *höflich und kameradschaftlich:* Meine Freunde, wollen wir nicht in den Palast gehen und unseren Streit bei einem Krug Wein begraben? *Er zieht seinen Geldbeutel, läßt die Münzen klingen.* Die Königin wird euch allen was schenken.

POSTEN *sehr mürrisch:* Du hast unsere Befehle gehört. Mach voran mit deinem Kram.

ERSTER HILFSPOSTEN Ja, du solltest Vernunft annehmen. Mach, daß du wegkommst.

ZWEITER HILFSPOSTEN *blickt sehnsüchtig auf den Geldbeutel – dieser Posten ist hakennasig im Gegensatz zu seinem Kameraden, der ein feistes rundes Gesicht hat:* Führe einen armen Mann nicht in Versuchung.

APOLLODORUS *zu Cleopatra:* Du Perle unter den Königinnen: der Hauptmann ist zu nahe, und wenn ihr Vorgesetzter ihnen zuschaut, sind die römischen Soldaten unbestechlich. Ich muß also Cäsar deine Wünsche überbringen.

CLEOPATRA *die zwischen den Teppichbündeln gestanden und überlegt hat:* Sind diese Teppiche sehr schwer?

APOLLODORUS Wie schwer sie sind, spielt gar keine Rolle, wir haben Träger genug.

CLEOPATRA Und wie werden diese Teppiche in die Boote verladen? Werden sie hineingeworfen?

APOLLODORUS Nicht in kleine Boote, Majestät. Die würden untergehen.

CLEOPATRA Also nicht in das Boot dieses Mannes da? *Zeigt auf den Schiffer.*

APOLLODORUS Nein, es ist zu klein.

CLEOPATRA Aber wenn ich Cäsar einen Teppich schicke, kannst du ihn in diesem Boot mitnehmen?

APOLLODORUS Aber sicher.

CLEOPATRA Und du wirst achtgeben, daß er vorsichtig die Treppe hinuntergetragen und sorgsam behandelt wird?

APOLLODORUS Du kannst dich auf mich verlassen.

CLEOPATRA Du wirst sehr, sehr vorsichtig sein?

APOLLODORUS Vorsichtiger, als wenn's um mein Leben ginge.

CLEOPATRA Und du versprichst mir, daß die Träger ihn nicht fallenlassen oder hin- und herwerfen?

APOLLODORUS Königin, nimm die feinste und zerbrechlichste gläserne Trinkschale, die du im Palast finden kannst und lege sie ins Herz der Teppichrolle, und wenn sie zerbricht, will ich mit meinem Kopf dafür bezahlen.

CLEOPATRA Schön. Komm, Ftatateeta. *Ftatateeta geht zu ihr; Apollodorus erbietet sich, die beiden in den Palast zu begleiten.* Nein, Apollodorus, du darfst nicht mitkommen! Ich allein werde den Teppich aussuchen, du wartest hier. *Sie läuft in den Palast.*

APOLLODORUS *zu den Trägern:* Geht mit der Dame da – *zeigt auf Ftatateeta* – und tut, was sie euch sagt. *Die Träger stehen auf und nehmen ihre Ballen.*

FTATATEETA *spricht mit den Trägern, als wären sie Ungeziefer:* Hierher mit euch, und bevor ihr diese Stufen betretet, zieht eure Schuhe aus. *Sie geht in den Palast, die Träger mit den Teppichen hinter ihr her, Apollodorus geht zur Rampe und blickt über den Hafen. Die Posten halten ihn mißtrauisch im Auge.*

APOLLODORUS *wendet sich an den Posten:* Mein guter Freund …

POSTEN *grob:* Sei still.

ERSTER HILFSPOSTEN Halt die Schnauze, du.

ZWEITER HILFSPOSTEN *halb flüsternd, indem er gespannt zum Nordende des Quais herüberblickt:* Kannst du nicht etwas warten?

APOLLODORUS Geduld, du ehrenwerter Esel mit drei Köpfen. *Sie schnauben ihn wild an, aber er läßt sich nicht im geringsten einschüchtern.* Sagt mal, seid ihr eigentlich hier, um mich zu bewachen oder die Ägypter?

POSTEN Wir wissen, was unsere Pflicht ist.

APOLLODORUS Warum tut ihr eure Pflicht denn nicht? Da drüben ist doch etwas im Gange. *Er zeigt nach Südwesten auf die Mole.*

POSTEN *mürrisch:* So einer wie du braucht mir nicht zu sagen, was ich zu tun habe.

APOLLODORUS Holzkopf! *Er ruft:* He da, Hauptmann, ahoi!

POSTEN Verflucht, mußt du dich immer einmischen? Ahoi! He! Alarm! Alarm!

ERSTER UND ZWEITER HILFSPOSTEN Alarm! He da! Ahoi! Alarm!

Der Hauptmann kommt mit seinen Leuten herbeigelaufen.

HAUPTMANN Was ist denn jetzt schon wieder los? Hat das alte Weib dich wieder vorgenommen? *Erblickt Apollodorus:* Und du bist immer noch hier?

APOLLODORUS *zeigt wieder südwestlich auf die Mole:* Sieh dir das da drüben an. Die Ägypter sind in Bewegung. Sie wollen den Pharus zurückerobern. Sie wollen vom Meer und vom Land aus angreifen: vom Land aus über die große Mole und vom Meer aus über den Westhafen. Setzt euch in Trab, meine kriegerischen Freunde, das Rennen hat begonnen. *Von verschiedenen Stellen des Quais aus erklingen Trompetenstöße.* Aha, ich hab's euch ja gesagt.

HAUPTMANN *hastig:* Die beiden Hilfsposten los, alarmiert die Posten am Südende. Einer bleibt hier. Der Rest mir nach – los rasch!

Die beiden Hilfsposten laufen in südlicher Richtung los, der Hauptmann mit seinen Leuten nach Norden, und kurz darauf hört man die Bucina. Die vier Lastträger kommen aus dem Palast, tragen ein Teppichbündel, hinter ihnen Ftatateeta.

POSTEN *erhebt drohend seinen Speer:* Du schon wieder?

Die Träger bleiben stehen.

FTATATEETA Sei ruhig, du römischer Knecht, jetzt bist du allein. Apollodorus, dieser Teppich hier ist Cleopatras Geschenk an Cäsar, eingewickelt in ihn sind zehn kostbare goldverzierte Trinkschalen aus feinstem iberischem Kristall, und außerdem hundert Eier von der heiligen blauen Taube. Bei deiner Ehre, nicht eins davon darf zerbrechen!

APOLLODORUS Ich stehe mit meinem Kopf dafür ein. *Zu den Trägern:* Tragt ihn vorsichtig ins Boot hinunter.

Die Träger bringen den Teppich bis an die Stufen.

ERSTER TRÄGER *blickt ins Boot hinunter:* Überlegt Euch gut, was Ihr tut, Herr. Diese Eier, von denen die Dame gesprochen hat, müssen jedes ein Pfund schwer sein. Für eine solche Last ist das Boot zu klein.

SCHIFFER *kommt in großer Erregung die Stufen hinaufgelaufen:* Träger, willst du mich beleidigen, du widernatürlicher Sohn einer Kamelstute. *Zu Apollodorus:* Mein Boot, Herr, hat oft schon fünf Männer getragen, und da soll es für Eure Herrlichkeit und ein Paket Taubeneier zu leicht sein? *Zum Träger:* Du räudiges Dromedar, mögen dich die Götter für deinen Neid und deine Bosheit bestrafen!

ERSTER TRÄGER *unerschütterlich:* Ich kann dieses Bündel hier nicht loslassen, um dir eine reinzuhauen, aber es wird der Tag kommen, wo ich dich zu fassen kriege.

APOLLODORUS *stellt sich zwischen sie:* Ruhe da, und wenn das Boot nur aus einer einzigen Planke bestünde, ich würde damit zu Cäsar gelangen.

FTATATEETA *besorgt:* Im Namen der Götter, Apollodorus, keine Experimente mit diesem Ballen!

APOLLODORUS Hab keine Angst, du verehrungswürdiges Scheusal. Ich weiß wohl, wie wertvoll die Ladung ist. *Zu den Trägern:* Runter damit, sage ich, und vorsichtig, oder ihr bekommt zehn Tage lang nur den Stock zu schmecken.

Der Schiffer geht wieder die Stufen hinunter, die Träger mit dem Ballen hinter ihm her; Ftatateeta und Apollodorus blicken von der Rampe aus zu.

APOLLODORUS Vorsichtig, meine Söhne, vorsichtig, Kinder – *plötzlich erregt:* vorsichtig, sag ich, ihr Hunde! Legt es flach ins Heck – so – gut so.

FTATATEETA *schreit einen der Träger unten an:* Nicht drauftreten, nicht drauftreten, du brutales Vieh!

ERSTER TRÄGER *kommt die Treppe herauf:* Keine Aufregung, Herrin. Nichts zerbrochen!

FTATATEETA *keuchend:* Nichts zerbrochen! Du hast mir das Herz im Leib rumgedreht. *Sie hält sich, nach Luft schnappend, die Seiten.*

Die vier Träger sind inzwischen alle wieder oben und warten am Kopfende der Treppe auf Entlohnung.

APOLLODORUS Hier, ihr Gierigen. *Er gibt dem ersten Träger Geld, der es in der flachen Hand hält, um es den anderen zu zeigen. Sie umringen ihn gierig, damit sie sehen können, wieviel es ist, nach orientalischer Art schon im Begriff, die Hilfe der Götter gegen den Geiz ihres Herrn anzurufen. Aber diese Großzügigkeit überwältigt sie.*

ERSTER TRÄGER O freigebiger Fürst!

ZWEITER TRÄGER Du König der Bazare!

DRITTER TRÄGER Günstling der Götter, du.

VIERTER TRÄGER O Vater aller Lastträger auf allen Märkten.

POSTEN *voller Neid, bedroht sie heftig mit seinem Speer:* Weg von hier, ihr Hunde. Ab! Macht, daß ihr verschwindet!

Sie fliehen vor seinem Speer nordwärts über den Quai.

APOLLODORUS Leb wohl, Ftatateeta. Ich werde vor den Ägyptern am Pharus sein.

Er steigt die Stufen hinunter.

FTATATEETA Mögen die Götter dir Flügel verleihen und meinen Pflegling behüten!

Der Posten, der hinter den Trägern hergelaufen ist, kommt zurück, blickt ins Boot hinunter, stellt sich nahe ans Kopfende der Treppe, damit Ftatateeta nicht versuchen kann, zu entkommen.

APOLLODORUS *von unten, während das Boot ablegt:* Leb

wohl, du tapferer Speerwerfer.

POSTEN Leb wohl, Krämer.

APOLLODORUS Ha, ha! Wirf dich in die Riemen, tapferer Schiffersmann, los – a-hoi – a-hoi. *Er fängt an, zum Rhythmus der Ruder im Barcarole-Versmaß zu singen:*
Mein Herz, mein Herz, hoch in die Luft,
wirf ab der Liebe schwere Last...
Komm, gib mir die Ruder, du Sohn einer Schnecke.

POSTEN *drohend zu Ftatateeta:* Und jetzt, Madam, zurück zu den anderen Glucken und Hühnchen.

FTATATEETA *fällt auf die Knie, streckt die Arme übers Wasser aus:* Oh, ihr Götter des Meeres, bringt sie unverletzt ans Ziel!

POSTEN Wen sollen sie unverletzt ans Ziel bringen? Was meinst du damit?

FTATATEETA *blickt ihn undurchdringlich an:* Oh, ihr Götter Ägyptens, ihr Götter der Rache, möge dieser römische Dummkopf von seinem Hauptmann geprügelt werden wie ein Hund; er hat geduldet, daß sie so übers Wasser gebracht werden muß.

POSTEN Verflucht, du, ist sie denn auch im Boot? *Ruft übers Meer:* Ahoi – Bootsmann – ahoi!

APOLLODORUS *singt in der Ferne:*
Sei froh, mein Herz, sei froh und heil,
nie mehr trifft dich der Liebe Pfeil.

Währenddessen sitzt Rufio nach dem Geplänkel des Morgens auf einem Bündel Reisig vor der Tür des Leuchtturms; der Turm des Pharus erhebt sich links von ihm gigantisch bis in die Wolken. Rufio hat seinen Helm, voller Datteln, zwischen den Knien, neben sich eine lederne Weinflasche. Der Podest des Leuchtturms ist hinter ihm zur offenen See hin durch ein niedriges steinernes Geländer abgeschirmt; in der Mitte des breiten, gemauerten Geländers ein paar Stufen. Vom Kran des Leuchtturms hängt eine gewaltige Kette mit einem Haken über Rufios Kopf herunter. Reisigbündel, wie das, auf dem er sitzt, liegen als

Brennmaterial für das Leuchtfeuer unter dem Haken. Auf den Stufen an der Brustwehr steht Cäsar und blickt besorgt, offensichtlich sehr beunruhigt, hinaus. Britannus tritt aus der Tür des Leuchtturms.

RUFIO Nun, britischer Inselbewohner, bist du wirklich bis nach oben gekommen?

BRITANNUS Ja, ich schätze die Höhe auf siebzig Meter.

RUFIO Sind da oben Leute?

BRITANNUS Ein alter Mann aus Tyrus, der den Lastenheber bedient, und außerdem sein Sohn, ein wohlerzogener Junge von vierzehn.

RUFIO *sieht die Kette an:* Was, ein einziger alter Tyrer mit seinem Sohn bedient den Heber? Du meinst zwanzig Männer, was?

BRITANNUS Nur zwei, ich versichere es dir. Sie haben Gegengewichte, und außerdem eine Maschine mit kochendem Wasser drin, deren Technik ich nicht verstehe. Sie ist nicht britischer Herkunft. Sie dient dazu, Fässer mit Öl und die Reisigbündel hochzuhieven, die auf der Pfanne oben verbrannt werden.

RUFIO Aber...

BRITANNUS Entschuldige, ich bin heruntergestiegen, weil ich Boten von der Insel her über die Mole auf uns zukommen sah. Ich muß sehen, was sie wollen. *Er geht eilig um den Leuchtturm herum ab.*

CÄSAR *kommt vom Geländer herunter, fröstelnd und verdrießlich:* Rufio, das hier war ein Wahnsinnsunternehmen. Sie werden uns schlagen. Ich wünschte, ich wüßte, wie unsere Männer mit der Barrikade an der großen Mole vorankommen.

RUFIO *ärgerlich:* Soll ich etwa vom Essen aufstehen, halbverhungert rübergehen und dir Bericht erstatten?

CÄSAR *besänftigt ihn nervös:* Nein, Rufio, nein, iß, mein Sohn, iß. *Während Rufio weiter Datteln ißt, geht Cäsar auf und ab.* Die Ägypter müßten ja dumm sein, wenn sie nicht die Barrikade, bevor sie fertig ist, erstürmten und hier über uns herfielen. Es ist das erste Mal, daß ich etwas riskiere, was ich hätte vermeiden können. Ich hätte gar nicht nach Ägypten kommen sollen.

RUFIO Vor einer Stunde warst du noch siegessicher.

CÄSAR *sich verteidigend:* Ja, ich habe mich benommen wie ein Narr – hastig, übereilt, Rufio – jungenhaft.

RUFIO Nein, nicht jungenhaft, kein bißchen jungenhaft. Da, nimm. *Bietet ihm eine Handvoll Datteln an.*

CÄSAR Was tut man damit?

RUFIO Man ißt sie. Das ist es nämlich, was dir fehlt. Ein Mann in deinem Alter ist nicht zu gebrauchen, bevor er seine Mittagsmahlzeit gegessen hat. Iß etwas, trink etwas, und dann laß dir unsere Lage noch einmal durch den Kopf gehen.

CÄSAR *nimmt die Datteln an:* In meinem Alter. *Er schüttelt den Kopf und nimmt eine Dattel in den Mund.* Ja, Rufio, ich bin ein alter Mann – verbraucht – es stimmt, wirklich, es stimmt. *Er überläßt sich melancholischer Betrachtung, ißt noch eine Dattel.* Achillas ist in seinen besten Jahren, Ptolemäus ist ein Kind. *Ißt noch eine Dattel, wird etwas zuversichtlicher.* Nun ja, jeder Hund hat seine Zeit und seine Chance, und ich habe meine gehabt. Ich darf mich nicht beklagen. *Plötzlich heiter:* Diese Datteln schmecken nicht übel, Rufio. *Britannus, sehr erregt, kommt mit einem ledernen Sack zurück. Cäsar hat sich sofort wieder gefaßt.* Was gibt's?

BRITANNUS *triumphierend, siegesfroh:* Unsere tapferen Matrosen aus Rhodos haben einen Schatz erbeutet, hier! *Er wirft den Ledersack vor Cäsar hin.* Damit haben wir alle unsere Feinde in der Hand.

CÄSAR Mit diesem Sack?

BRITANNUS Hör, was ich zu sagen habe, Cäsar. Dieser Sack enthält den gesamten Briefwechsel zwischen Pompeius und der hiesigen Besatzungsarmee.

CÄSAR Ja, und?

BRITANNUS *voller Ungeduld über Cäsars Begriffsstutzigkeit:*

Jetzt werden wir endlich wissen, wer wirklich unsere Feinde sind. Eins ist sicher, in diesen Briefen finden wir den Namen jedes einzelnen Mannes, der gegen dich intrigiert hat, seitdem du den Rubikon überschritten hast.

CÄSAR Wirf sie ins Feuer.

BRITANNUS Wirf sie ... *schnappt nach Luft.*

CÄSAR Ins Feuer, hab ich gesagt. Möchtest du wirklich, daß ich die nächsten drei Jahre meines Lebens damit verbringe, Männer zu ächten und zu verdammen, die meine Freunde sein werden, wenn ich ihnen beweise, daß meine Freundschaft mehr wert ist, als die des Pompeius wert war – und die des Cato wert ist? Du unverbesserlicher Brite, bin ich denn eine Bulldogge, die Streit sucht, nur weil sie zeigen möchte, wie stark ihre Kinnbacken sind?

BRITANNUS Aber deine Ehre, Cäsar – die Ehre Roms ...

CÄSAR Ich bringe meiner Ehre keine Menschenopfer dar, wie eure Druiden. Und wenn du sie nicht verbrennen willst, dann kann ich sie wohl versenken. *Er hebt den Sack auf und wirft ihn über die Brüstung ins Meer.*

BRITANNUS Cäsar, das ist die reine Überspanntheit. Sollen Verräter der Paradoxie willen straflos ausgehen?

RUFIO *steht auf:* Cäsar, sag mir Bescheid, wenn der Inselbewohner mit seiner Predigt fertig ist. Ich werde mir mal die Maschine mit dem kochenden Wasser anschauen. *Er geht in den Leuchtturm hinein.*

BRITANNUS *in aufrichtiger Verehrung:* O Cäsar, mein großer Lehrmeister, wenn ich dich doch überreden könnte, das Leben ernst zu nehmen, so wie die Männer in meinem Lande es tun.

CÄSAR Tun sie das bei euch wirklich, Britannus?

BRITANNUS Du bist doch dort gewesen und hast sie gesehen. Welcher Brite würde je so sprechen wie du, wenn du leichtfertig bist? Welcher Brite würde je den Gottesdienst in den heiligen Hainen versäumen? Welcher Brite würde so bunte Kleider tragen wie du – anstatt des einfachen Blaus, wie es alle gesetzten, angesehenen Männer tragen? Bei uns ist das einfach eine Frage der Moral.

CÄSAR Schön, mein Freund, schön, vielleicht werde ich eines Tages solide und seßhaft werden und mir eine blaue Toga zulegen. Bis dahin muß ich sehen, wie ich auf meine frivole römische Art zurechtkomme. *Apollodorus kommt von hinten um den Leuchtturm herum.* Was ist das?

BRITANNUS *wendet sich rasch um und behandelt den Fremden mit amtlichem Hochmut:* Was soll das? Wer bist du? Und wie bist du hergekommen?

APOLLODORUS Beruhige dich, mein Freund, ich werde dich nicht fressen. Ich komme mit einem Boot aus Alexandria und bringe kostbare Geschenke für Cäsar.

CÄSAR Aus Alexandria?

BRITANNUS *streng:* Du stehst vor Cäsar, Herr.

RUFIO *erscheint in der Tür zum Leuchtturm:* Was ist denn jetzt schon wieder?

APOLLODORUS Sei gegrüßt, großer Cäsar. Ich bin Apollodorus, der Sizilianer, ein Künstler.

BRITANNUS Ein Künstler! Wer hat denn diesen Landstreicher hier durchgelassen?

CÄSAR Beruhige dich, Britannus. Apollodorus ist ein berühmter Patrizier und Liebhaber der Künste.

BRITANNUS *peinlich berührt:* Ich bitte den Herrn um Verzeihung. *Zu Cäsar:* Ich glaube verstanden zu haben, er sei sogar Künstler von Beruf. *Ein wenig außer Fassung gibt er Apollodorus den Weg zu Cäsar frei, indem er zurück- und an dessen Stelle tritt. Rufio blickt Apollodorus von oben bis unten mit deutlicher Verachtung an und stellt sich auf die andere Seite der Plattform.*

CÄSAR Herzlich willkommen, Apollodorus. Was ist dein Anliegen?

APOLLODORUS Als erstes habe ich dir ein Geschenk von der Königin aller Königinnen zu überbringen.

CÄSAR Und wer ist das?

APOLLODORUS Cleopatra von Ägypten.

CÄSAR *indem er ihn auf eine sehr gewinnende Art gleich zu*

seinem Vertrauten macht: Hör, Apollodorus, es ist nicht ganz der richtige Augenblick für Geschenke. Ich bitte dich also, fahr zur Königin zurück und richte ihr aus, wenn alles gut geht, werde ich heute abend wieder im Palast sein.

APOLLODORUS Zurück kann ich nicht, Cäsar. Als ich mich dem Leuchtturm näherte, warf irgendein Narr einen großen ledernen Sack ins Meer und brach damit meinem Schiff die Nase ab. Ich hatte gerade noch Zeit, mich und meine Ladung an Land zu retten, da sank das kleine Schneckenhaus.

CÄSAR Oh, das tut mir leid, Apollodorus. Ich werde diesen Narren zur Rede stellen. Nun also, was hast du mir mitgebracht? Es würde die Königin kränken, wenn ich es mir nicht wenigstens anschaute.

RUFIO Haben wir wirklich Zeit, uns mit solchem Tand abzugeben? Die Königin ist doch nur ein kleines Mädchen.

CÄSAR Eben, und gerade deswegen dürfen wir sie nicht enttäuschen. Apollodorus, was hast du mir als Geschenk gebracht?

APOLLODORUS Einen Perserteppich, Cäsar. Ein Prachtstück! Und in den Teppich gewickelt, wie man mir gesagt hat, Taubeneier, Trinkschalen aus Kristall und andere zerbrechliche Kostbarkeiten. Nicht um mein Leben hätte ich's gewagt, das alles die enge Stiege vom Damm heraufzutragen.

RUFIO Dann zieh es mit der Winde hoch. Die Eier bekommt der Koch, aus den Trinkschalen trinken wir unseren Wein, und auf dem Teppich kann Cäsar schlafen.

APOLLODORUS Mit der Winde, Cäsar! Ich habe geschworen, dieses Teppichbündel zu hüten wie meinen Augapfel.

CÄSAR *heiter:* Dann laß dich mit dem Bündel zusammen hochziehen, und wenn die Kette reißt, gehst du mit den Taubeneiern zugrunde.

Er geht zur Kette hinüber, prüft sie neugierig, indem er an ihr hochblickt.

APOLLODORUS *zu Britannus:* Meint Cäsar das ernst?

BRITANNUS Seine Art ist frivol, weil er ein Italiener ist, aber er meint, was er sagt.

APOLLODORUS Ob im Ernst oder nicht. Was er sagte, war gut gesagt. Gib mir ein paar Soldaten, um den Aufzug zu bedienen.

BRITANNUS Ich übernehme den Aufzug. Geh du runter und warte, bis die Kette kommt.

APOLLODORUS Schön. Gleich werdet ihr mich aufgehen sehen mit meinem Schatz. *Er wendet sich an alle und zeigt mit einer ausdrucksvollen Geste auf den Himmel oberhalb der Brüstung:* Wie die Sonne!

RUFIO *schlecht gelaunt:* Und du, Cäsar, willst hier stehen und auf diesen Unfug warten?

CÄSAR *tritt, da diese sich in Bewegung zu setzen scheint, von der Winde zurück:* Warum sollte ich nicht?

RUFIO Warum nicht – das werden die Ägypter dir beibringen, wenn sie klug genug sind, vom Ufer der Mole aus anzugreifen, bevor wir unsere Barrikade fertig haben. Und inzwischen stehen wir hier und warten wie Kinder auf einen Teppich mit Taubeneiern.

Die Kette rasselt, wird so hoch gezogen, daß sie über das Geländer schwingen kann, schwenkt dann ab, verschwindet hinter dem Leuchtturm.

CÄSAR Keine Angst, mein Sohn Rufio. Sobald der erste Ägypter die Mole betritt, werden wir das Alarmsignal hören, und wir beide werden die Barrikade von hier aus erreichen, bevor der erste Ägypter sie erreicht hat, wir beide zusammen, Rufio: ich, der alte Mann, und du, sein größter Junge. Und der alte Mann wird zuerst dort sein. Beruhige dich also, und gib mir noch ein paar Datteln.

APOLLODORUS *vom Damm unten:* Fer-tig. Hievt – hoch!

Die Kette wird hochgezogen, schwenkt von der Rückseite des Leuchtturms wieder nach vorne, Apollodorus schwebt in der Luft mit dem Teppichbündel am Ende der Kette. Sobald er über der Brüstung heranschwebt, fängt er an zu singen:

Hinan, hinan, sieh da ein Blau
wie's nie im Frauenaug geschaut
Vorsicht da, halt jetzt. *Er steigt nicht mehr höher.* Noch mehr schwenken. *Die Kette schwenkt oberhalb des Podestes nach vorn.*

RUFIO *ruft nach oben:* Laßt jetzt runter. *Die Kette und ihre Fracht beginnen sich zu senken.*

APOLLODORUS *ruft nach oben:* Vorsicht – langsam – denkt an die Eier.

RUFIO *ruft nach oben:* Aufgepaßt – langsam – langsam. *Apollodorus und das Bündel werden unbeschädigt auf den Fliesen in der Mitte der Plattform abgesetzt. Rufio und Cäsar helfen Apollodorus die Kette vom Bündel zu lösen.*

RUFIO Hoch – hievt – hoch!
Mit einem Rasseln erhebt sich die Kette über ihre Köpfe hinweg. Britannus kommt aus dem Leuchtturm und hilft, das Bündel aufzuschnüren.

APOLLODORUS *sobald die Schnüre gelöst sind:* Erhebt euch, meine Freunde, der erste Blick gebührt Cäsar. *Er entrollt den Teppich.*

RUFIO Nur ein Haufen von Tüchern? Wo sind die Taubeneier?

APOLLODORUS Tritt näher, Cäsar, suche nach ihnen zwischen den Tüchern.

RUFIO *zieht sein Schwert:* Verrat! Zurück, Cäsar! Das Tuch hat sich bewegt, da ist was Lebendiges drin.

BRITANNUS *zieht sein Schwert:* Wahrscheinlich eine Schlange.

APOLLODORUS Wagt Cäsar es, die Hand in den Sack zu stecken, in dem sich die Schlange bewegt?

RUFIO *wendet sich zu ihm:* Verräterischer Hund!

CÄSAR Ruhe. Weg mit euren Schwertern. Deine Schlange scheint sehr regelmäßig zu atmen, Apollodorus. *Er steckt den Arm in die Tücher und zieht einen nackten Arm heraus.* Das muß eine hübsche kleine Schlange sein.

RUFIO *zieht den zweiten Arm heraus:* Komm, zeig uns, was sonst noch von dir drin ist.

Sie ziehen Cleopatra an den Handgelenken in eine sitzende Stellung. Britannus steckt mit einem empörten, protestierenden Stoß sein Schwert in die Scheide zurück.

CLEOPATRA *schnappt nach Luft:* Oh, ich bin fast erstickt, Cäsar. Ein Mann hat sich im Boot auf mich gestellt, ein Sack mit irgendwas fiel aus heiterem Himmel auf mich, und das Boot sank, und dann wurde ich hoch in die Luft gehoben und wieder hingeknallt.

CÄSAR *streichelt sie, während sie aufsteht und sich an seine Brust wirft:* Nun, vergiß alles, jetzt bist du ja hier, gesund und unverletzt.

RUFIO Na, und jetzt, wo sie hier ist – was fangen wir mit ihr an?

BRITANNUS Ohne Begleitung einer älteren Dame kann sie hier nicht bleiben, Cäsar.

CLEOPATRA *eifersüchtig, da Cäsar offensichtlich verwirrt ist:* Freust du dich nicht, daß ich hier bin?

CÄSAR Natürlich, ich freue mich, aber Rufio ist sehr böse, und Britannus ist entrüstet.

CLEOPATRA *verächtlich:* Du kannst ihnen ja die Köpfe abschlagen lassen.

CÄSAR Meine kleine Seeschwalbe, mit abgeschlagenen Köpfen sind sie nicht mehr so gut zu gebrauchen wie jetzt.

RUFIO *zu Cleopatra:* Wir müssen nämlich jetzt sofort los und ein paar von deinen Ägyptern die Köpfe abschlagen. Macht es dir Spaß, hierzubleiben, mit der Aussicht, von deinem lieben Brüderchen geschnappt zu werden – wenn sie uns besiegen?

CLEOPATRA Aber ihr dürft mich doch nicht allein hierlassen. Cäsar, willst du mich wirklich alleinlassen?

RUFIO Und wenn die Trompete tönt und unser aller Leben davon abhängt, daß Cäsar sich an der Barrikade zeigt, bevor die Ägypter sie erreicht haben? Was dann?

CLEOPATRA Dann müssen eben alle sterben, es sind ja nur

Soldaten.

CÄSAR *sehr ernst:* Wenn diese Trompete ertönt, Cleopatra, müssen wir alle, jeder einzelne von uns, sein Leben in die Hand nehmen und es dem Tod hinhalten. Dein Kopf ist mir dann weniger heilig als eine einzige Hand irgendeines meiner Soldaten, die mir vertraut haben. *Cleopatra ist sehr bewegt, ihre Augen füllen sich mit Tränen.* Apollodorus, du mußt sie in den Palast zurückbringen.

APOLLODORUS Bin ich denn ein Delphin, Cäsar, daß ich mit jungen Damen auf meinem Rücken Meere überqueren kann? Mein Boot ist gesunken, deine sind bei den Barrikaden oder zur Stadt zurückgefahren. Ich will versuchen, eins anzuhalten, mehr kann ich nicht tun. *Er geht auf den Damm zurück.*

CLEOPATRA *mit den Tränen kämpfend:* Es macht ja nichts. Ich will gar nicht zurück. Wer kümmert sich schon um mich?

CÄSAR Cleopatra...

CLEOPATRA Du willst ja, daß ich getötet werde.

CÄSAR *noch ernster:* Mein armes Kind, dein Leben kümmert hier kaum jemanden außer dir selbst.

Sie bricht völlig zusammen und wirft sich weinend auf die Reisigbündel. Plötzlich hört man entfernt heftigen Lärm, Bucinen und Trompeten übertönen Stimmengewirr, Britannus läuft zur Brüstung und blickt die Mole entlang. Cäsar und Rufio wenden sich einander mit raschem Einverständnis zu.

CÄSAR Komm, Rufio.

CLEOPATRA *erhebt sich eilig auf die Knie und hängt sich an ihn:* Nein, nein, laß mich nicht allein hier, Cäsar. *Er entreißt seinen Rock ihrer Umklammerung.* Oh!

BRITANNUS *von der Brüstung her:* Cäsar, wir sind abgeschnitten. Die Ägypter sind vom Westhafen aus zwischen uns und der Barrikade gelandet!

RUFIO *rennt zu ihm, um sich zu überzeugen:* Verflucht. Es stimmt, was er sagt. Wir sind gefangen wie Ratten in der

Falle.

CÄSAR *voller Reue:* Rufio, oh, Rufio, jetzt sind meine Männer an der Barrikade zwischen Meer und Strand umzingelt. Ich bin ihr Mörder.

RUFIO *kommt von der Brüstung zurück und stellt sich rechts von Cäsar:* Ja, das kommt daher, daß du mit dem Mädchen hier herumgealbert hast.

APOLLODORUS *kommt eilig vom Damm herauf:* Wirf einen Blick über die Brüstung, Cäsar.

CÄSAR Das haben wir schon getan, mein Freund. Wir müssen uns von hier aus verteidigen.

APOLLODORUS Ich habe die Leiter ins Meer geworfen, ohne die können sie nicht rankommen.

RUFIO O ja, und wir können ohne sie nicht raus. Hast du daran auch gedacht?

APOLLODORUS Ihr könnt nicht raus? Wieso nicht? Ihr habt doch noch Schiffe im Osthafen.

BRITANNUS *an der Brüstung, voller Hoffnung:* Die Galeeren aus Rhodos halten schon auf uns zu.

Cäsar geht rasch zu Britannus an die Brüstung.

RUFIO *ungeduldig zu Apollodorus:* Und wie besteigen wir die Galeeren, kannst du mir das sagen?

APOLLODORUS *in munterer, herausfordernder Pose:* Über den Weg, der überallhin führt – über den strahlenden Pfad, den Sonne und Mond dir leuchten. Hast du nie zugesehen, wenn Kinder das Schattenspiel »Die zerbrochene Brücke« spielen? Nur die Enten und Gänse kommen leicht hinüber. Weißt du das nicht? *Er wirft seinen Umhang und seinen Hut ab und bindet sich sein Schwert auf den Rücken.*

RUFIO Was willst du damit sagen?

APOLLODORUS Ich werde es dir zeigen. *Ruft Britannus zu:* Wie weit ist die nächste Galeere von hier entfernt?

BRITANNUS Neunzig Meter.

CÄSAR Nein, nein, sie sind weiter entfernt, als es bei der klaren Luft erscheint, deine Britenaugen täuschen sich. Fast vierhundert Meter, Apollodorus.

APOLLODORUS Schön, haltet euch hier, bis ich euch ein Boot von der Galeere herüberschicke.

RUFIO Hast du etwa Flügel?

APOLLODORUS Nein, aber Flossen, Herr Soldat. Paß auf! *Er läuft zwischen Cäsar und Britannus hindurch auf die Brüstung zu, springt hoch und dann kopfüber ins Meer.*

CÄSAR *wie ein Schuljunge, ganz hingerissen:* Bravo, bravo! *Er wirft seine Toga ab.* Beim Jupiter, so werde ich's auch machen.

RUFIO *hält ihn fest:* Du bist wahnsinnig. Das wirst du nicht tun.

CÄSAR Warum nicht? Ich kann schwimmen so gut wie er.

RUFIO *frei heraus:* Kann ein alter Narr so gut tauchen und schwimmen wie ein junger? Er ist fünfundzwanzig, und du bist fünfzig.

CÄSAR *reißt sich von Rufio los:* Alt! Das werd ich dir zeigen!

BRITANNUS *empört:* Rufio, du weißt nicht, was du sagst.

CÄSAR Ich werde um einen Wochensold mit dir um die Wette schwimmen, Väterchen Rufio.

CLEOPATRA Und ich!? Ich! Was soll aus mir werden?

CÄSAR Dich werde ich wie ein Delphin auf meinem Rücken zur Galeere bringen. Rufio, sobald du mich auftauchen siehst, wirf sie ins Wasser, ich verbürge mich für sie. Und nach ihr dann hinein mit euch beiden.

CLEOPATRA Nein, nein, nein. Ich werde ertrinken.

BRITANNUS Cäsar, ich bin ein Mann und ein Brite, kein Fisch. Ich brauche ein Boot. Ich kann nicht schwimmen.

CLEOPATRA Ich auch nicht.

CÄSAR *zu Britannus:* Gut, dann bleibe allein hier, bis ich den Leuchtturm zurückerobere, ich werde dich nicht vergessen. Aufgepaßt, Rufio.

RUFIO Bist du wirklich zu diesem Wahnsinn entschlossen?

CÄSAR Die Ägypter haben mir den Entschluß abgenommen. Uns bleibt gar nichts anderes übrig, und gib acht, wo du hinspringst – ich will, wenn ich auftauche, nicht deine neunzig Kilo ins Kreuz kriegen. *Er läuft die Stufen hinauf und bleibt auf der Mauerkappe stehen.*

BRITANNUS *besorgt:* Noch eine Bitte, Cäsar, zeig dich bitte nicht in den vornehmen Vierteln von Alexandria, bevor du dich umgezogen hast.

CÄSAR *ruft übers Meer:* Apollodorus. *Er zeigt zum Himmel und zitiert aus der Barcarole:* Das Weiß dort hoch im Himmelblau.

APOLLODORUS *der hinten schwimmt:* Zu Purpur wird's auf Meeresgrün.

CÄSAR *frohlockend:* Hah! *Er springt ins Meer.*

CLEOPATRA *läuft erregt auf die Treppe zu:* Oh, das muß ich sehen. Er wird ertrinken. *Rufio ergreift sie.* Uh – – nein – – uh – – hu. *Er wirft die Schreiende ins Wasser. Rufio und Britannus brüllen vor Lachen.*

RUFIO *der hinter ihr herblickt:* Da, er hat sie aufgefischt. *Zu Britannus:* Halt du die Festung, Brite. Cäsar wird dich nicht vergessen. *Er springt hinunter.*

BRITANNUS *läuft zur Treppe und beobachtet die Schwimmenden:* Alles in Ordnung, Rufio?

RUFIO *schwimmend:* Ja, alles in Ordnung.

CÄSAR *weiter entfernt schwimmend:* Britannus, bring dich in Sicherheit, geh nach oben zurück, ans Leuchtfeuer, versperre die Falltür, häufe Brennmaterial drauf!

BRITANNUS *ruft ihm zu:* Das werde ich tun, und dann will ich mich den Göttern meiner Heimat anvertrauen. *Von See her Hurrageschrei, Britannus ergibt sich ohne jede Hemmung seiner Begeisterung.* Das Boot hat ihn erreicht: Hipp hipp hurra!

Vierter Akt

Cleopatras Wassersturz im Osthafen von Alexandria fand im Jahre 48 vor Christi Geburt statt. Jetzt, im März 47, verbringt sie den Nachmittag im Boudoir ihres Palastes, inmitten einer Schar von Hofdamen; sie alle hören einer Sklavin zu, die in der Mitte des Raumes Harfe spielt. Der Harfenlehrer ist ein alter Musiker mit runzligem Gesicht, vorstehenden buschigen Augenbrauen, weißem Bart und Schnurrbart; seine Augenbrauen sind an den Enden gedreht und stehen wie Hörner ab; sein Gesichtsausdruck ist bewußt streng, es ist die Miene eines Kenners; er kauert rechts neben der Harfenspielerin am Boden und lauscht ihrer Darbietung. Alle außer der Harfenspielerin sitzen: Cleopatra auf einem Sessel, einer Tür gegenüber; die andern auf dem Boden. Cleopatras Hofdamen sind alle jung, die auffallendsten sind Charmian und Iras, ihre Lieblinge. Charmian ist terrakottafarben, gnomenhaft klein, hat ein scharfgeschnittenes Gesicht, zierliche Hände und Füße; Iras ist rundlich, gutmütig und ziemlich albern, hat wallendes rotes Haar und neigt dazu, beim geringsten Anlaß zu kichern.

CLEOPATRA Kann ich …

FTATATEETA *in überheblichem Ton zur Harfenspielerin:* Hör auf du, die Königin spricht.

Die Harfenspielerin hört auf zu spielen.

CLEOPATRA *zu dem alten Musiker:* Ich möchte gern selber Harfe spielen lernen. Cäsar liebt Musik. Kannst du's mir beibringen?

MUSIKER Außer mir wäre gewiß niemand dazu fähig, die Königin zu unterweisen. Bin nicht ich es gewesen, der die vergessenen Methoden der alten Ägypter wieder entdeckt hat, die fähig waren, eine Pyramide zum Beben zu bringen, indem sie eine Baßsaite anschlugen? Alle anderen Lehrer sind Scharlatane, das habe ich ihnen schon oft genug nachgewiesen.

CLEOPATRA Schön, du sollst mich also unterweisen. Wie lange werden wir brauchen?

MUSIKER Nicht sehr lange, nur vier Jahre. Ihre Majestät müssen sich erst mit der Philosophie des Pythagoras vertraut machen.

CLEOPATRA Ist sie denn – *zeigt auf die Sklavin* – mit der Philosophie des Pythagoras vertraut?

MUSIKER Nein, sie ist ja nur eine Sklavin, sie lernt, wie ein Hund lernt.

CLEOPATRA Nun, dann will ich auch lernen, wie ein Hund lernt; sie spielt nämlich besser als du. Du wirst mir also vierzehn Tage lang jeden Tag eine Stunde Unterricht geben. *Der Musiker rappelt sich eifrig auf und verbeugt sich bis zum Boden.* Und danach wirst du jedesmal, wenn ich eine falsche Note anschlage, gepeitscht, und wenn ich so oft falsch anschlage, daß man mit Schlägen nicht nachkommt, wirst du den Krokodilen zum Fraß in den Nil geworfen. Gebt dem Mädchen ein Goldstück, und schickt die beiden weg.

MUSIKER *sehr erschreckt:* Aber wahre Kunst läßt sich nicht derart erzwingen.

FTATATEETA *stößt ihn zur Tür:* Was? Er wagt es, der Königin zu widersprechen. Weg mit dir.

Unter dem Gelächter der Sklaven und Hofdamen wird er aus dem Raum gestoßen. Die Harfenspielerin geht mit der Harfe hinter ihm her.

CLEOPATRA Nun, kann denn keiner von euch mir die Zeit vertreiben? Kein Klatsch, nichts Neues?

IRAS Ftatateeta ...

CLEOPATRA Ach, Ftatateeta, Ftatateeta, immer Ftatateeta. Immer neuer Klatsch, um mich gegen sie aufzuhetzen.

IRAS Nein, denn diesmal ist Ftatateeta standhaft geblieben. *Die Hofdamen lachen, die Sklaven nicht.* Pothinus hat nämlich versucht, sie zu bestechen, weil er mit dir sprechen will.

CLEOPATRA *zornig:* Ach, das tut ihr alle, verkauft Audienzen bei mir. Als ob ich empfinge, wen ihr wollt, und nicht, wen ich will. Ich möchte gern wissen, wieviel von ihrem Goldstück die Harfenspielerin abgeben muß, bevor sie den Palast verlassen darf.

IRAS Das können wir leicht für dich herauskriegen.
Die Hofdamen lachen.

CLEOPATRA *runzelt die Brauen:* Lacht nur, aber seht euch vor, seht euch nur vor. Eines Tages wird man mir dienen, wie man Cäsar dient. Ich werde es lernen.

CHARMIAN Die alte Hakennase. *Sie lachen wieder.*

CLEOPATRA *empört, angewidert:* Still jetzt. Du bist doch eine kleine dumme ägyptische Närrin, Charmian. Weißt du denn nicht, warum ich dir erlaube, so frech daherzuschwätzen, anstatt mit dir zu tun, was Ftatateeta tun würde, wäre sie Königin?

CHARMIAN Weil du versuchst, in allem Cäsar nachzuahmen, und er läßt alle offen zu sich sprechen.

CLEOPATRA Nein, nicht deshalb. Ich habe ihn nämlich einmal gefragt, warum er das duldet, und er sagte: »Laß deine Frauen schwätzen, du wirst etwas von ihnen lernen.« »Und was könnte ich von ihnen lernen«, fragte ich, und wißt ihr, was er sagte? »Du lernst sie kennen.« Und ihr hättet seine Augen sehen sollen, als er das sagte, ihr hättet euch gekrümmt, ihr dummen Dinger.
Sie lachen wieder, Cleopatra wendet sich heftig an Iras: Über wen lachst du jetzt, über mich oder über Cäsar?

IRAS Über Cäsar.

CLEOPATRA Wenn du nicht so dumm wärst, würdest du über mich lachen, und wenn du nicht so feige wärst, würdest du das auch zugeben. *Ftatateeta kommt zurück.* Ftatateeta, sie sagen, Pothinus hat dich zu bestechen versucht, damit du ihn zu mir läßt.

FTATATEETA *protestiert:* Ich schwöre dir, bei den Göttern meiner Väter ...

CLEOPATRA *schneidet ihr herrisch das Wort ab:* Habe ich dir nicht gesagt, du sollst nicht lügen? Den ganzen Tag lang würdest du die Götter deiner Ahnen zu Zeugen deiner Tugend anrufen, wenn ich dich ließe. Geh, nimm das Bestechungsgeld und bring Pothinus zu mir. *Ftatateeta setzt zu einer Antwort an.* Widersprich mir nicht. Geh!

Ftatateeta ab. Cleopatra steht auf, beginnt, in Gedanken versunken, zwischen Sessel und der Tür hin und her zu gehen. Alle erheben sich und bleiben stehen.

IRAS *die sich zögernd erhebt:* Ach, ich wünschte, Cäsar wäre wieder in Rom.

CLEOPATRA *drohend:* Es wird ein böser Tag für euch alle, wenn er wirklich geht! Ich schäme mich nur, ihm zu zeigen, daß ich in meinem Herzen genauso grausam bin wie mein Vater, sonst würde ich dich lehren, zu bereuen, was du gesagt hast. Warum wünschst du ihn denn weg?

CHARMIAN Er macht dich so schrecklich nüchtern, so ernsthaft, so gelehrt und so philosophisch. Das ist in deinem Alter schlimmer, als wenn man fromm wird. *Die Hofdamen lachen.*

CLEOPATRA Hört auf mit dem endlosen Geschnatter! Haltet den Mund!

CHARMIAN *in vorgetäuschter Ergebenheit:* Ja, ja, wir wollen versuchen, so zu werden wie Cäsar.

Alle brechen wieder in Lachen aus. Cleopatra geht in verhaltener Wut weiter auf und ab, bis Ftatateeta Pothinus hereinbringt, der auf der Schwelle stehenbleibt.

FTATATEETA *an der Tür:* Pothinus bittet die Königin untertänig, ihm Gehör zu schenken.

CLEOPATRA Ja, ja, es ist gut. Laß ihn herein. *Sie setzt sich wieder in ihren Sessel, auch alle anderen setzen sich wieder, außer Pothinus, der nach vorne bis in die Mitte des Raumes kommt. Ftatateeta setzt sich auf ihren alten Platz.* Nun, Pothinus, was gibt es Neues bei deinen aufständischen Freunden?

POTHINUS *stolz:* Ich stehe nicht auf seiten des Aufstands,

und ein Gefangener erfährt keine Neuigkeiten.

CLEOPATRA Du bist genausowenig ein Gefangener wie ich – oder Cäsar. Sechs Monate lang werden wir jetzt schon in diesem Palast von meinen Untertanen belagert, und es ist dir sogar erlaubt, am Strand zwischen den Soldaten spazierenzugehen. Kann ich mich etwa weiter weg bewegen oder gar Cäsar?

POTHINUS Du bist noch ein Kind, Cleopatra, und verstehst nicht, worum es geht.

Die Hofdamen lachen. Cleopatra blickt ihn unergründlich an.

CHARMIAN Ich sehe, Pothinus, daß du das Allerneueste noch gar nicht weißt.

POTHINUS Und das wäre?

CHARMIAN Daß Cleopatra kein Kind mehr ist. Soll ich dir sagen, wie man innerhalb eines Tages viel älter und viel viel klüger werden kann?

POTHINUS Mir wäre es lieber, ich könnte klüger werden, ohne älter zu werden.

CHARMIAN Nun, dann geh hinauf auf den Leuchtturm und suche dir jemand, der dich beim Schopf faßt und ins Meer wirft.

Die Hofdamen lachen.

CLEOPATRA Sie hat recht, Pothinus. Wenn du dann wieder an Land kommst, ist viel Hochmut aus dir herausgespült. *Die Hofdamen lachen. Cleopatra steht ungeduldig auf.* Geht, weg mit euch. Ich will allein mit Pothinus sprechen. Wirf sie hinaus, Ftatateeta. *Sie laufen lachend hinaus, Ftatateeta schließt hinter ihnen die Tür.* Und worauf wartest du noch?

FTATATEETA Es schickt sich nicht, daß die Königin in einem Raum allein bleibt mit …

CLEOPATRA *unterbricht sie:* Ftatateeta, muß ich dich wirklich den Göttern deiner Väter opfern, um dich zu lehren, daß ich die Königin von Ägypten bin und nicht du?

FTATATEETA *entrüstet:* Du bist genau wie alle anderen, du

möchtest gern sein, was diese Römer eine moderne Frau nennen.

Sie geht hinaus, knallt die Tür hinter sich zu.

CLEOPATRA *setzt sich wieder:* Nun, Pothinus, warum hast du Ftatateeta bestochen, dich zu mir zu lassen?

POTHINUS *betrachtet sie ernst:* Cleopatra, es ist wahr, was man erzählt. Du hast dich verändert.

CLEOPATRA Sprich sechs Monate lang jeden Tag mit Cäsar, dann wirst auch du dich ändern.

POTHINUS Es wird überall erzählt, daß du ganz von diesem alten Mann betört bist!

CLEOPATRA Betört? Was bedeutet das? Daß er mich um den Verstand bringt? Nein, nein, ich wünschte, es wäre so.

POTHINUS Du wünschst, du wärest ohne Verstand! Wie soll ich das verstehen?

CLEOPATRA Als ich noch ohne Verstand war, tat ich, was mir Vergnügen machte, wenn nicht Ftatateeta mich schlug, und selbst dann täuschte ich sie und tat's heimlich. Aber jetzt, wo Cäsar mich weise gemacht hat, ist es gleichgültig, ob mir etwas Vergnügen macht oder nicht: ich tue, was getan werden muß und habe gar keine Zeit mehr, mich sonderlich um mich selbst zu kümmern. Das bedeutet nicht Glück, aber Größe. Und wenn Cäsar ginge, ich glaube, ich könnte Ägypten regieren, denn was Cäsar für mich ist, bin ich für die Dummköpfe in meiner Umgebung.

POTHINUS *blickt sie scharf an:* Ob da nicht die Eitelkeit der Jugend aus dir spricht, Cleopatra?

CLEOPATRA Nein, nein, ich meine ja nicht, daß ich so besonders klug bin, nur daß die andern so dumm sind.

POTHINUS *nachdenklich:* Wahrhaftig, darin liegt das große Rätsel.

CLEOPATRA Jetzt erzähl mir aber, was du mir sagen wolltest.

POTHINUS *bestürzt:* Oh, nichts.

CLEOPATRA Nichts?

POTHINUS Na ja, eigentlich wollte ich um meine Freilassung bitten, sonst nichts.

CLEOPATRA Darum hättest du ja Cäsar bitten können. Nein, Pothinus, du hattest etwas im Sinn, aber die Voraussetzung war, daß Cleopatra ein kleines Mädchen ist, das mit Puppen spielt. Da aber Cleopatra inzwischen eine Königin ist, fällt dein Plan ins Wasser.

POTHINUS *beugt ergeben seinen Kopf:* Ja, so ist es.

CLEOPATRA *triumphierend:* Siehst du.

POTHINUS *hebt die Augen wieder und blickt sie forschend an:* Ist Cleopatra denn wirklich eine Königin und nicht mehr Cäsars Gefangene und Sklavin?

CLEOPATRA Wir sind alle Cäsars Sklaven, wir alle hier im Lande Ägypten, ob wir wollen oder nicht. Und die, die klug genug ist, das zu erkennen, wird regieren, wenn Cäsar weggeht.

POTHINUS Du redest dauernd von Cäsars Rückzug.

CLEOPATRA Und was ist dabei?

POTHINUS Liebt er dich denn nicht?

CLEOPATRA Mich lieben! Pothinus, Cäsar liebt niemanden. Wen lieben wir denn? Doch nur die, die wir nicht hassen: alle Menschen sind uns fremd und feind außer denen, die wir lieben. Bei Cäsar ist das anders: er ist gar nicht fähig zu hassen. Er ist gut zu allen. So gut wie auch zu Hunden und Kindern. Seine Güte ist ein Wunder für mich. Weder mein Vater, noch meine Mutter, noch meine Amme haben sich je so um mich gesorgt und mir so offen gesagt, was sie denken.

POTHINUS Nun, ist das denn nicht Liebe?

CLEOPATRA Nein, weil er genau dasselbe für das nächstbeste Mädchen tun würde, das er auf dem Rückweg nach Rom trifft. Frage seinen Sklaven Britannus: zu ihm ist er genauso gut gewesen. Ja, du könntest im Grunde auch sein Pferd fragen. Seine Güte hängt nicht von etwas ab, das in mir sein könnte. Sie ist seine Natur.

POTHINUS Aber woher willst du wissen, daß er dich nicht liebt, so wie Männer Frauen lieben?

CLEOPATRA Weil ich ihn nicht eifersüchtig machen kann. Ich habe es versucht.

POTHINUS Hm. Dann hätte ich vielleicht fragen sollen, ob du ihn liebst.

CLEOPATRA Kann man denn einen Gott lieben? Im übrigen liebe ich einen anderen Römer, einen, den ich lange vor Cäsar traf, keinen Gott, sondern einen Mann, einen, der lieben und hassen kann, dem ich weh tun, der mir weh tun kann.

POTHINUS Und Cäsar weiß das?

CLEOPATRA Ja.

POTHINUS Und er ist nicht böse darüber?

CLEOPATRA Er hat mir versprochen, den Mann, wenn es mir Freude macht, nach Ägypten zu schicken.

POTHINUS Ich begreife diesen Menschen nicht.

CLEOPATRA *voller Verachtung:* Du und Cäsar begreifen! *Stolz:* Ich verstehe ihn – instinktiv.

POTHINUS *nachdem er einen Moment nachgedacht hat, untertänig:* Ihre Majestät haben veranlaßt, daß ich heute vorgelassen werde. Hat die Königin mir etwas mitzuteilen?

CLEOPATRA Folgendes: Du glaubst, wenn du meinen Bruder zum König machst, wirst du Ägypten regieren, da du sein Vormund bist und er ein Dummkopf.

POTHINUS Es gefällt der Königin, es so auszudrücken.

CLEOPATRA Und es gefällt der Königin, außerdem noch folgendes auszudrücken: Daß Cäsar dich verschlingen wird, dich und Achillas und meinen Bruder – wie eine Katze Mäuse verschlingt, und daß er sich mit Ägypten drapieren wird, so wie ein Hirte seinen Umhang anlegt. Und wenn er das alles getan hat, wird er nach Rom zurückkehren und Cleopatra als Vizekönigin zurücklassen.

POTHINUS *bricht zornig aus:* Soweit wird es nie kommen. Wir stehen tausend zu zehn gegen ihn, und wir werden ihn mitsamt seinen elenden Legionen ins Meer jagen.

CLEOPATRA *zornig, steht auf, um zu gehen:* Du schimpfst wie irgendein gemeiner Kerl. Gut, dann geh und führe deine Tausende – aber beeil dich, Mithridates von Pergamos ist unterwegs mit Verstärkung für Cäsar. Mit zwei Legionen hat Cäsar euch in Schach gehalten – wir werden ja sehen, was er mit zwanzig Legionen machen wird.

POTHINUS Cleopatra ...

CLEOPATRA Schluß jetzt. Cäsar hat mir den Geschmack verdorben, mich mit Schwächlingen wie dir zu unterhalten. *Sie geht hinaus, Pothinus mit wütenden Gesten hinter ihr her. Da kommt Ftatateeta zurück und hält ihn fest.*

POTHINUS Laß mich, ich will fort aus diesem verhaßten Raum.

FTATATEETA Was ärgert dich so?

POTHINUS Mögen alle Götter Ägyptens Cleopatra verfluchen. Sie hat ihr Land an diesen Römer verkauft, damit sie es mit Küssen wieder von ihm zurückkaufen kann.

FTATATEETA Dummkopf. Hat sie dir nicht gesagt, daß sie Cäsar fortwünscht?

POTHINUS Du hast gelauscht?

FTATATEETA Ich habe dafür gesorgt, daß eine anständige Frau in der Nähe war, während du mit ihr sprachst.

POTHINUS Bei den Göttern, ich ...

FTATATEETA Hör auf mit deinen Göttern. Hier herrschen nur Cäsars Götter. Es hat keinen Sinn, daß du zu Cleopatra kommst, du bist ja nur ein Ägypter. Sie hört auf keinen, der zu ihrem Volk gehört. Sie behandelt uns wie Kinder.

POTHINUS Möge sie daran zugrunde gehen.

FTATATEETA *unheildrohend:* Und möge deine Zunge an diesen Worten verdorren. Geh, laß Lucius Septimius kommen, den Mörder des Pompeius. Er ist ein Römer, vielleicht hört sie auf ihn. Geh jetzt.

POTHINUS *bedeutungsvoll:* Zu wem ich gehen muß, das weiß ich jetzt.

FTATATEETA *mißtrauisch:* Zu wem denn?

POTHINUS Zu einem Römer, der größer ist als Lucius. Und merk dir: Ehe Cäsar kam, glaubtest du, daß du und die Deinen Ägypten im Namen Cleopatras regieren würden. Ich stellte mich dagegen.

FTATATEETA *unterbricht ihn zänkisch:* Ja, damit du und

deine Bande es im Namen des Ptolemäus hätten regieren können.

POTHINUS Besser ich, oder notfalls du, als eine Frau mit einem römischen Herzen – denn das ist aus Cleopatra geworden. Solange ich lebe, wird sie niemals regieren, also verhalte dich entsprechend.

Er geht ab.

Inzwischen ist es Zeit zum Abendessen, wozu auf dem Dach des Palastes der Tisch gedeckt wird; dort hinauf steigt jetzt Rufio, von einem majestätischen Palastbeamten begleitet; dieser hat seinen Zeremonienstab in der Hand, hinter ihm her geht ein Sklave, der einen Schemel mit Einlegearbeiten trägt. Nachdem sie viele Stufen hinaufgestiegen sind, erscheinen sie endlich im Säulengang auf dem Dach. Zwischen den Säulen, gegen Norden und Süden zu, zarte Vorhänge, zugezogen, um das Licht der untergehenden Sonne zu dämpfen. Der Beamte geleitet Rufio in eine schattige Ecke. Zwischen den Säulen hängt eine Schnur, mit der man die Vorhänge auf- und zuziehen kann.

HOFBEAMTER *sich verbeugend:* Möge der römische Befehlshaber geruhen, hier auf Cäsar zu warten.

Der Sklave setzt den Schemel neben die südlichste der Säulen und geht durch den Vorhang ab.

RUFIO *setzt sich hin, ein wenig außer Atem:* Puh! War das eine Kletterei. Wie hoch sind wir denn hier?

HOFBEAMTER Wir befinden uns auf dem Dach des Palastes, o Günstling der Siegesgötter.

RUFIO Schön, dann braucht also der Günstling der Siegesgötter keine weiteren Treppen mehr zu steigen.

Aus der entgegengesetzten Richtung kommt, rückwärts gehend, ein zweiter Hofbeamter herein.

DER ZWEITE HOFBEAMTE Cäsar naht!

Cäsar kommt herein, frisch gebadet, mit einer neuen Tunika aus purpurfarbener Seide bekleidet, strahlend und in festlicher Stimmung; hinter ihm zwei Sklaven, die ein leich-

tes Ruhebett tragen, das kaum mehr ist als eine reichverzierte Bank. Die Sklaven stellen das Ruhebett neben die nördlichste der beiden verhangenen Säulen und schlüpfen dann durch die Vorhänge hinaus. Die beiden Hofbeamten folgen ihnen mit förmlichen Verbeugungen. Rufio steht auf, um Cäsar zu begrüßen.

CÄSAR *geht auf ihn zu:* Ah, Rufio! *Begutachtet dessen Kleidung mit Bewunderung und Erstaunen:* Ein neues Wehrgehänge. Und ein neuer Knauf an deinem Schwert. Und das Haar hast du dir schneiden lassen, aber nicht deinen Bart – unmöglich. *Er beschnuppert Rufios Bart.* Doch, beim Jupiter Olympus, Parfüm im Bart!

RUFIO *brummig:* Ja, und – tu ich das etwa mir zuliebe?

CÄSAR *herzlich:* Nein, mein Sohn Rufio, mir zuliebe – zur Feier meines Geburtstages.

RUFIO *verächtlich:* Dein Geburtstag! Du hast immer Geburtstag, wenn du einem hübschen Mädchen schmeicheln willst oder einen Botschafter zu beschwichtigen hast. Im letzten Jahr hattest du innerhalb von zehn Monaten siebenmal Geburtstag.

CÄSAR *zerknirscht:* Du hast recht, Rufio. Nie werde ich mir diese kleinen Schwindeleien abgewöhnen können.

RUFIO Wer wird, außer Cleopatra, noch mit uns essen?

CÄSAR Apollodorus, der Sizilianer.

RUFIO Ach, dieser Geck.

CÄSAR Laß nur, dieser Geck ist ein amüsantes Tierchen – erzählt Geschichten, singt Lieder und erspart es uns, der Königin Schmeicheleien zu sagen. Was macht sie sich schon aus alten Politikern und rauhen Kriegern wie wir? Nein, Apollodorus ist die richtige Gesellschaft, Rufio, genau die richtige.

RUFIO Na ja, er kann ein bißchen schwimmen und ein bißchen fechten; er ist nicht so übel, wenn er nur den Mund halten könnte.

CÄSAR Mögen die Götter verhüten, daß er das je lernt! Ach, dieses Soldatenleben, dieses mühselige brutale Leben der

Tat. Das ist das Schlimmste an uns Römern: Wir sind reine Tatmenschen und Schwerarbeiter, ein Schwarm von Bienen, in Menschen verwandelt. Her mit einem, der gut reden kann – der Witz und Phantasie genug hat, zu leben, ohne ständig etwas zu tun.

RUFIO Oh, sobald das Essen vorüber ist, würde es ihm schlecht bei dir ergehen. Hast du gemerkt, daß ich etwas früher gekommen bin?

CÄSAR Ja, ich dachte mir schon, das hat etwas zu bedeuten. Was ist es denn?

RUFIO Kann man uns hier belauschen?

CÄSAR Wenn wir so privat reden, fühlen sich die Langohren geradezu aufgefordert. Aber dem kann ich abhelfen. *Er klatscht zweimal in die Hände. Die Vorhänge werden beiseite gezogen und geben den Blick auf den Dachgarten frei, in dessen Mitte der Tisch zu einem Bankett für vier Personen gedeckt ist, je ein Gedeck an den beiden Kopfenden und zwei nebeneinander. Die Cäsar und Rufio zugekehrte Seite steht voller goldner Weinkrüge und Schüsseln. Ein prächtig angezogener Majordomus beaufsichtigt eine Gruppe von Sklaven, die den Tisch decken. Die Säulenreihe führt zu beiden Seiten rund um den Dachgarten herum bis zum äußersten Ende, wo eine Lücke, wie eine große Toreinfahrt, den Blick in den Himmel westlich vom Dachrand öffnet. Nur in der Mitte steht ein lebensgroßes Standbild des Ra; falkenköpfig, bekrönt mit der Sonnenscheibe, über die sich eine Natter schlingt, sitzt er auf einem riesigen Sockel. Ein Altar zu seinen Füßen besteht aus einem einzigen weißen Stein.*

So, jetzt kann jeder uns sehen, und keinem wird einfallen, uns zu belauschen.

Er setzt sich auf die Bank, die die beiden Sklaven hingestellt haben.

RUFIO *setzt sich auf seinen Schemel:* Pothinus möchte mit dir sprechen. Ich rate dir, ihn zu empfangen. Irgend etwas wird hier von den Weibern ausgeheckt.

CÄSAR Pothinus? Wer ist das?

RUFIO Der Bursche mit dem Haar wie Eichhornfell, Bärenführer des Königs und ein Gefangener von dir.

CÄSAR *ärgerlich:* Und er ist noch nicht entflohen?

RUFIO Nein.

CÄSAR *erhebt sich gebieterisch:* Und wieso nicht? Du hast also diesen Mann bewachen lassen, anstatt den Feind im Auge zu behalten. Habe ich dir nicht immer wieder gesagt, du sollst Gefangene laufenlassen, wenn nicht ausdrücklich das Gegenteil befohlen ist? Haben wir nicht genug Mäuler zu stopfen?

RUFIO Ich weiß. Aber wenn du ein bißchen Vernunft besäßest, dürfte ich ihm die Kehle durchschneiden, und wir hätten seine Ration auch gespart. Doch egal – glaub mir: der würde nicht fliehen. Drei Posten haben ihm schon gesagt, sie würden ihn mit dem Speer durchbohren, wenn er ihnen nochmal vor die Augen käme. Was können sie mehr tun? Er will aber lieber bei uns bleiben und herumspionieren. Würde ich auch machen, wenn ich's mit Generälen zu tun hätte, die zu Anfällen von Milde neigen.

CÄSAR *findet keine Argumente mehr, setzt sich wieder hin:* So, und jetzt will er also mit mir sprechen.

RUFIO Ja, ich habe ihn mitgebracht. Er wartet da. *Zeigt mit dem Daumen über die Schulter.* Ein Posten ist bei ihm.

CÄSAR Und du möchtest, daß ich mit ihm spreche?

RUFIO *widerspenstig:* Gar nichts möchte ich. Ich nehme ohnehin an, du tust, was dir gefällt. Also, schieb es nicht mir zu.

CÄSAR *mit einer Geste, als tue er es ausdrücklich auf Rufios Wunsch:* Gut, gut, nehmen wir ihn uns vor.

RUFIO *ruft:* He da, Posten! Laß deinen Mann los und schick ihn rauf. *Winkt mit der Hand:* Komm her.

Pothinus kommt herein, bleibt mißtrauisch zwischen den beiden stehen, blickt vom einen zum anderen.

CÄSAR *gnädig:* Ah, Pothinus. Sei willkommen. Was gibt's Neues heute abend?

POTHINUS Cäsar, ich bin gekommen, dich vor einer Gefahr zu warnen und dir ein Angebot zu machen.

CÄSAR Vergiß die Gefahr, und mache mir dein Angebot.

RUFIO Vergiß dein Angebot und sage mir, worin die Gefahr besteht.

POTHINUS Cäsar, du glaubst, Cleopatra sei dir ergeben.

CÄSAR *ernst:* Mein Freund, was ich glaube, das weiß ich selbst. Sprich von deinem Angebot.

POTHINUS Ich will ehrlich verhandeln. Ich weiß nicht, welche fremden Götter dich befähigen, einen Palast und ein paar Meter Strand gegen eine ganze Stadt und eine ganze Armee zu halten. Wir haben dich vom See Mareotis abgeschnitten, aber du hast Brunnen in den salzigen Sand des Strandes graben lassen und Eimer voll Süßwasser herausgeholt – seitdem wissen wir, daß eure Götter unwiderstehlich sind, daß du Wunder bewirken kannst. Ich drohe dir also nicht mehr …

RUFIO *sarkastisch:* Das ist wirklich nett von dir, wirklich.

POTHINUS So sei es also: Du bist hier der Herr. Unsere Götter haben den Nordwestwind geschickt, um dich in unseren Händen festzuhalten, aber du bist stärker gewesen als sie.

CÄSAR *drängt ihn sanft, zur Sache zu kommen:* Gut, mein Freund, gut – aber nun?

RUFIO Heraus damit, Mann. Was hast du uns zu sagen?

POTHINUS Ich habe mitzuteilen, daß ihr eine Verräterin in eurem Lager habt. Cleopatra …

DER MAJORDOMUS *steht am Tisch, kündigt an:* Die Königin! *Cäsar und Rufio stehen auf.*

RUFIO *beiseite zu Pothinus:* Du Dummkopf, du hättest früher damit herausrücken sollen. Jetzt ist es zu spät.

Cleopatra in ihren Staatsgewändern, prachtvoll geschmückt, kommt durch die Lücke zwischen den Säulenreihen, am Standbild des Ra vorbei, hinter dem Tisch her auf Cäsar zu. Ihr Gefolge, von Ftatateeta angeführt, stellt sich zu den Dienern am Tisch. Cäsar bietet Cleopatra seine Ruhebank an, sie setzt sich.

CLEOPATRA *die mit raschem Blick Pothinus bemerkt:* Was macht er hier?

CÄSAR *setzt sich neben sie, in liebenswürdiger Stimmung:* Er wollte mir gerade etwas über dich erzählen. Du sollst es hören. Fahr fort, Pothinus.

POTHINUS *außer Fassung:* Cäsar... *Er stammelt.*

CÄSAR Nun, raus damit.

POTHINUS Was ich zu sagen habe, ist für deine Ohren bestimmt, nicht für die der Königin.

CLEOPATRA *mit gezügelter Wildheit:* Es gibt Mittel, dich zum Sprechen zu bringen. Nimm dich in acht.

POTHINUS *trotzig:* Cäsar bedient sich solcher Mittel nicht.

CÄSAR Mein Freund, wenn jemand auf dieser Erde etwas zu sagen hat, dann besteht die Schwierigkeit nicht darin, ihn zum Sprechen zu bringen, sondern ihn daran zu hindern, daß er zu oft davon spricht. Zur Feier meines Geburtstages lasse ich dich frei. Leb wohl, wir werden uns wohl nie mehr wiedersehen.

CLEOPATRA *ärgerlich:* Cäsar, diese Milde ist töricht.

POTHINUS *zu Cäsar:* Willst du mich nicht unter vier Augen anhören? Dein Leben könnte davon abhängen.

Cäsar erhebt sich würdevoll.

RUFIO *beiseite zu Pothinus:* Du Esel, jetzt wird's wieder heroisch.

CÄSAR *mit rhetorischem Ansatz:* Pothinus...

RUFIO *unterbricht ihn:* Cäsar, wenn du jetzt mit deiner Lieblingspredigt über Leben und Tod anfängst, wird unser Abendessen kalt.

CLEOPATRA *betont ehrbar:* Still, Rufio, ich wünsche Cäsar zu hören.

RUFIO *grob:* Ihre Majestät haben diese Rede ja schon ein paarmal gehört. Vorige Woche hast du sie dem Apollodorus wiederholt, der sie für deine eigene hielt. *Cäsar kann die würdige Pose nicht länger halten, er setzt sich, sehr amüsiert, wieder hin und blickt Cleopatra, die rasend ist, neckisch an. Rufio ruft wie vorhin:* He da, Posten! Laß den

Gefangenen durch. Er ist frei. *Zu Pothinus:* Und jetzt weg mit dir. Du hast deine Chancen verspielt.

POTHINUS *dessen Zorn jetzt stärker ist als seine Klugheit:* Ich werde sprechen!

CÄSAR *zu Cleopatra:* Siehst du! Durch Folter hättest du kein Wort aus ihm herausgekriegt.

POTHINUS Cäsar, du hast Cleopatra die Künste gelehrt, mit denen die Römer die Welt regieren.

CÄSAR Ah, sie können nicht einmal sich selbst regieren. Und weiter?

POTHINUS Und weiter? Bist du denn so trunken von der Schönheit der Cleopatra, daß du es nicht merkst? Sie verlangt ungeduldig danach, hier allein zu regieren, und ihr Herz sehnt sich danach, daß du abfährst.

CLEOPATRA *springt auf:* Du Lügner.

CÄSAR *schockiert:* Was soll das denn? Du protestierst? Du willst ihn widerlegen?

CLEOPATRA *beschämt, aber von unterdrückter Wut zitternd:* Nein, es ist unter meiner Würde, ihm zu widersprechen. Er soll reden. *Sie setzt sich wieder hin.*

POTHINUS Ich habe es aus ihrem eigenen Munde gehört: Du bist nur ihr Werkzeug, du sollst ihrem Bruder die Krone vom Kopf reißen und sie ihr selbst aufsetzen. Nicht nur uns alle, auch dich selbst sollst du ihr ausliefern. Und danach kann Cäsar nach Rom zurückkehren oder auch durch das Tor des Todes abgehen, das ist näher und sicherer.

CÄSAR *ruhig:* Nun, mein Freund, und ist das nicht sehr natürlich?

POTHINUS *erstaunt:* Natürlich? Verrat kränkt dich also nicht?

CÄSAR Ach, du dummer Ägypter, was alles soll mich kränken? Kränkt mich der Wind, der mich frösteln macht, oder die Nacht, weil ich im Dunkeln stolpere? Kränkt mich Jugend, wenn sie dem Alter den Rücken kehrt, oder Ehrgeiz, wenn er der Ergebenheit überdrüssig wird?

Wenn du mir so eine Geschichte erzählst, ist es, als ob du mir erzählst, daß morgen früh die Sonne aufgeht.

CLEOPATRA *die sich nicht mehr zurückhalten kann:* Aber es ist nicht wahr, es ist nicht wahr. Ich schwöre es.

CÄSAR Es ist wahr, und wenn du tausendmal das Gegenteil beschworen und deine eigenen Schwüre geglaubt hast. *Cleopatra verfällt vor Erregung in Zuckungen, und um sie zu schonen, steht Cäsar auf, zieht Pothinus zu Rufio hinüber und sagt:* Komm, Rufio, wir wollen sehen, daß er ungehindert den Posten passiert. Ich habe noch ein Wörtchen mit ihm zu reden. *Beiseite zu beiden:* Wir müssen der Königin ein wenig Zeit lassen, sich zu fassen. *Laut:* Kommt! *Er nimmt Pothinus und Rufio mit sich hinaus, spricht mit ihnen:* Du kannst deinen Freunden ausrichten, Pothinus: Ich habe nichts dagegen, wenn wir zu einer vernünftigen Vereinbarung in den Angelegenheiten eures Landes kommen, und... *Sie verschwinden aus Hörweite.*

CLEOPATRA *mit unterdrücktem Flüstern:* Ftatateeta, Ftatateeta.

FTATATEETA *eilt vom Tisch her zu ihr und streichelt sie:* Ruhe, Kind, fasse dich...

CLEOPATRA *unterbricht sie:* Können sie uns hören?

FTATATEETA Nein, mein Herz, keiner.

CLEOPATRA Hör mir zu. Wenn er den Palast lebend verläßt, darfst du mir nie mehr unter die Augen kommen.

FTATATEETA Du meinst Poth...

CLEOPATRA *streicht ihr über den Mund:* Lösche sein Leben aus, wie ich seinen Namen von deinem Mund gelöscht habe. Stoß ihn von der Mauer hinunter, er soll auf dem Pflaster das Genick brechen. Töte, töte, töte ihn.

FTATATEETA *zeigt alle ihre Zähne:* Zugrunde gehen soll der Hund.

CLEOPATRA Und wenn es dir nicht gelingt, brauchst du dich nie, nie mehr vor mir blicken zu lassen.

FTATATEETA *entschlossen:* Gut. Du sollst mein Gesicht nicht sehen, bevor seine Augen erloschen sind.

Cäsar kommt mit Rufio und Apollodorus zurück, der mit äußerstem Geschmack gekleidet ist.

CLEOPATRA *zu Ftatateeta:* Komm bald zurück – bald. *Ftatateeta blickt ihre Herrin einen Augenblick vielsagend an, geht dann mit grimmigem Gesicht an Ra vorbei hinaus. Cleopatra läuft wie eine Gazelle auf Cäsar zu:* Oh, du bist zu mir zurückgekommen, Cäsar. *Zärtlich:* Ich dachte, du wärst böse. Apollodorus, schön, daß du kommst. *Sie hält ihm die eine Hand zum Kuß hin, mit dem anderen Arm hält sie Cäsar umfaßt.*

APOLLODORUS Von Woche zu Woche wird Cleopatra schöner und mehr Frau.

CLEOPATRA Ist das wahr, Apollodorus?

APOLLODORUS Wahr? Ach, die Wahrheit ist noch viel, viel schöner! Freund Rufio warf eine Perle ins Meer, und Cäsar fischte einen Diamanten heraus.

CÄSAR Was Cäsar herausfischte, war ein Anfall von Rheuma, mein Freund. Kommt, wir wollen zu Tisch. Zu Tisch! *Sie gehen auf den Tisch zu.*

CLEOPATRA *hüpft wie ein junger Faun:* Ja, wir wollen essen. Für dich habe ich dieses Bankett bestellt, Cäsar.

CÄSAR Oh, und was gibt es?

CLEOPATRA Pfauenhirn.

CÄSAR *als liefe ihm das Wasser im Mund zusammen:* Hörst du, Apollodorus, Pfauenhirn.

APOLLODORUS Für mich bitte nicht. Ich hätte lieber Nachtigallenzungen. *Er setzt sich vor eins der Gedecke, die nebeneinanderliegen.*

CLEOPATRA Gerösteten Eber, Rufio.

RUFIO Gut, gut. *Er setzt sich an das Gedeck links neben Apollodorus.*

CÄSAR *am Ende der Tafel, links von Ra, blickt auf seinen Sitz:* Was ist aus meinem Lederkissen geworden?

CLEOPATRA *ihm gegenüber am anderen Ende der Tafel:* Ich habe neue Kissen für dich besorgt.

MAJORDOMUS Diese Kissen hier, Cäsar, sind aus maltesischem Seidenflor und mit Rosenblättern gefüllt.

CÄSAR Rosenblätter? Bin ich denn eine Raupe? *Er schiebt die Kissen weg und setzt sich auf die Ledermatratze, die darunter liegt.*

CLEOPATRA Oh, wie schade! Meine schönen neuen Kissen.

MAJORDOMUS *steht hinter Cäsar:* Was dürfen wir servieren, um Cäsars Appetit zu wecken?

CÄSAR Was gibt es denn?

MAJORDOMUS Seeigel, schwarze und weiße See-Eicheln, See-Nesseln, Feigenfresser, rote Krebse.

CÄSAR Gibt's auch Austern?

MAJORDOMUS Aber gewiß.

CÄSAR Britische Austern?

MAJORDOMUS *nickt:* Auch britische Austern, Cäsar.

CÄSAR Also Austern für mich. *Bei jeder Bestellung gibt der Majordomus einem Sklaven ein Zeichen, der hinausgeht, um das Entsprechende zu holen.* Ich bin in Britannien gewesen, diesem westlichen Land voller Romantik – das letzte Stückchen Erde hinten am Rande des Ozeans, der rund um die Erde geht. Ich bin dorthin gegangen, um nach den berühmten Perlen zu suchen. Die britische Perle erwies sich als Fabel, aber auf der Suche nach ihr fand ich die britische Auster.

APOLLODORUS Alle Nachgeborenen werden dich dafür segnen. *Zum Majordomus:* Für mich Seeigel.

RUFIO Gibt es auch etwas Handfestes als Vorspeise?

MAJORDOMUS Krammetsvögel mit Spargel und...

CLEOPATRA *unterbricht ihn:* Und Mastgeflügel, nimm Mastgeflügel, Rufio.

RUFIO Ja, das reicht.

CLEOPATRA *gierig:* Für mich Krammetsvögel.

MAJORDOMUS Geruht Cäsar, den Wein auszuwählen? Einen von Sizilien oder von Lesbos oder Chian...

RUFIO *verächtlich:* Das sind ja lauter griechische.

APOLLODORUS Wer würde römischen Wein trinken, wenn er griechischen bekommen kann? Cäsar, versuch den von

Lesbos.

CÄSAR Nein, bringt mir ein Gersten-Wasser.

RUFIO *mit deutlichem Abscheu:* Puh. Falerner für mich. *Der Falerner wird ihm sofort serviert.*

CLEOPATRA *schmollend:* Es ist Zeitverschwendung, dir ein Bankett zu geben, Cäsar. Was du ißt, würden meine Küchenmädchen nicht anrühren.

CÄSAR *nachgiebig:* Meinetwegen also, versuchen wir den Lesbos. *Der Majordomus füllt Cäsars Trinkschale, danach Cleopatras, dann die des Apollodorus.* Aber sobald ich in Rom bin, werde ich Gesetze gegen diese Verschwendung erlassen, und ich werde sogar dafür sorgen, daß sie befolgt werden.

CLEOPATRA *schmeichelnd:* Denk noch nicht daran. Heute sollst du sein wie andere Menschen, müßig, freundlich und den Luxus genießend. *Sie hält ihm über den Tisch hinweg die Hand hin.*

CÄSAR Schön, für dieses eine Mal will ich auf meine Bequemlichkeit verzichten. *Er küßt ihre Hand:* So. *Er trinkt einen Schluck Wein.* Bist du jetzt zufrieden?

CLEOPATRA Und du glaubst auch nicht mehr, daß ich deine Abfahrt herbeiwünsche?

CÄSAR Ich glaube gar nichts. Mein Gehirn schläft. Übrigens, wer soll schon wissen, ob ich wirklich nach Rom zurückkehre?

RUFIO *wird aufmerksam:* Wie? Was soll das denn heißen?

CÄSAR Hat Rom mir etwas zu bieten, was ich nicht schon gesehen habe? In Rom ist ein Jahr wie das andere, nur daß ich älter werde, während der Pöbel in der Via Appia nie altert.

APOLLODORUS Hier in Ägypten ist es nicht besser. Wenn sie lebensüberdrüssig sind, sagen die alten Leute: »Außer den Quellen des Nils habe ich alles gesehen.«

CÄSAR *dessen Phantasie sich entzündet:* Aber ja, wär das nicht etwas? Cleopatra, willst du mit mir kommen, weit in die geheimnisvollen Gefilde vordringen und der Spur des

Stromes folgen, bis dorthin, wo er entspringt? Sollen wir von Rom Abstand nehmen, diesem Rom, das groß geworden ist, nur um zu erfahren, daß Größe Menschenreiche zerstört, die nicht groß sind? Soll ich für dich ein neues Königreich finden und dir im großen Unbekannten eine heilige Stadt bauen?

CLEOPATRA *begierig:* Ja, ja, das sollst du.

RUFIO Ach, jetzt fangen wir noch an, mit zwei Legionen Afrika zu erobern, bevor wir zu unserem gerösteten Eber kommen.

APOLLODORUS Komm, spotte nicht. Das ist ein nobler Einfall: Cäsar mal nicht als Eroberer und Soldat, sondern als schöpferischer Künstler, als Poet. Wir wollen der heiligen Stadt einen Namen geben und sie mit dem Wein von Lesbos weihen.

CÄSAR Cleopatra selbst soll ihr einen Namen geben.

CLEOPATRA Ihr Name soll sein: Cäsars Geschenk an seine Geliebte.

APOLLODORUS Nein, nein, es muß etwas viel Größeres, viel Gewaltigeres sein, etwas so Großartiges wie das Universum, wie der Sternenhimmel.

CÄSAR *nüchtern:* Warum nicht einfach: Die Wiege des Nil?

CLEOPATRA Nein, das geht nicht, der Nil ist einer meiner Vorfahren, und er ist ein Gott. Oh, da fällt mir etwas ein. Der Nil selbst soll der Stadt einen Namen geben. Wir wollen ihn anrufen. *Zum Majordomus:* Laß ihn kommen. *Die drei Männer starren einander erstaunt an, aber der Majordomus geht hinaus, als habe er den alltäglichsten aller Befehle erhalten.* Und ihr – *zum Gefolge* – weg mit euch allen!

Das Gefolge verzieht sich unter Verbeugungen. Ein Priester tritt auf, er trägt eine Miniatursphinx mit einem winzigen Dreifuß davor. Im Dreifuß brennt ein Stückchen Weihrauch. Der Priester tritt an den Tisch und stellt das Abbild mitten auf den Tisch. Der Abendhimmel wechselt so plötzlich in das leuchtende, wie künstlich erscheinende

Purpurrot der ägyptischen Sonnenuntergänge, als habe der Gott einen merkwürdig gefärbten Schatten mit sich gebracht. Die drei Männer, obwohl entschlossen, sich nicht beeindrucken zu lassen, werden gegen ihren Willen neugierig.

CÄSAR Was ist das für ein Hokuspokus?

CLEOPATRA Das wirst du sehen. Und es ist kein Hokuspokus. Um es richtig zu machen, müßten wir eigentlich etwas töten, um ihn günstig zu stimmen, aber vielleicht wird er Cäsar auch so antworten, wenn wir ihm etwas Wein opfern.

APOLLODORUS *wendet den Kopf und blickt über seine Schulter auf Ra:* Warum wenden wir uns nicht an unseren falkenköpfigen Freund hier?

CLEOPATRA *nervös, unruhig:* Pst! Er hört dich, und dann wird er böse.

RUFIO *phlegmatisch:* Die Quelle des Nils gehört nicht zu seinem Bezirk, nehme ich an.

CLEOPATRA Nein, keine andere als meine liebe kleine Sphinx soll meine Stadt benennen, denn in ihren Armen schlief ich, als Cäsar mich fand. *Sie sieht Cäsar schmachtend an und wendet sich kurz angebunden an den Priester:* Geh. Ich bin auch Priesterin und habe die Macht, dein Amt zu übernehmen. *Der Priester verbeugt sich und geht ab.* Und jetzt wollen wir gemeinsam den Nil anrufen. Vielleicht wird er an den Tisch klopfen.

CÄSAR Tischrücken? Herrscht denn im siebenhundertsiebten Jahr der Republik immer noch solcher Aberglauben?

CLEOPATRA Das ist kein Aberglaube. Unsere Priester erfahren viele Dinge von den Tischen, nicht wahr, Apollodorus?

APOLLODORUS Ja, und ich erkläre mich hiermit für bekehrt. Wo Cleopatra Priesterin ist, wird Apollodorus zum Gläubigen. Schlage vor, welche Beschwörungsformel wir sprechen sollen.

CLEOPATRA Ihr müßt alle mit mir sagen: »Laß deine Stimme zu uns sprechen, o Vater Nil!«

ALLE VIER *stoßen vor dem Götzenbild mit ihren Gläsern an:* Laß deine Stimme zu uns sprechen, o Vater Nil!

Die Anrufung wird durch den Schrei eines Mannes in Todesangst und Todeskampf beantwortet. Entsetzt stellen die Männer ihre Gläser ab und lauschen. Stille. Der Purpur im Abendhimmel wird dunkler. Cäsar, der Cleopatra anblickt, ertappt sie, wie sie mit glänzenden Augen, wortlos ihre Dankbarkeit und Verehrung ausdrückend, Wein vor dem Gott ausschüttet. Apollodorus springt auf, läuft an den Rand des Daches, blickt hinunter und lauscht.

CÄSAR *blickt Cleopatra lauernd an:* Was war das?

CLEOPATRA *kläglich:* Nichts. Irgendein Sklave wird geprügelt.

CÄSAR Ist das nichts?

RUFIO Ich würde schwören, das war ein Mann mit einem Messer im Leib.

CÄSAR *steht auf:* Ein Mord!

APOLLODORUS *steht im Hintergrund, bittet mit einer Handbewegung um Ruhe:* Pst. Ruhe. Habt ihr gehört?

CÄSAR Noch ein Schrei?

APOLLODORUS *kommt zum Tisch zurück:* Nein, ein Aufprall. Ich glaube, irgendwas ist auf den Strand gefallen.

RUFIO *steht auf, grimmig:* Irgendwas mit Knochen drin, was?

CÄSAR *schaudernd:* Rasch, Rufio, rasch. *Er verläßt den Tisch, geht zur Säulenreihe, Rufio links, Apollodorus rechts hinter ihm.*

CLEOPATRA *die immer noch am Tisch sitzt:* Willst du mich verlassen, Cäsar? Und du, Apollodorus, gehst auch?

APOLLODORUS Wahrhaftig, teuerste Königin, der Appetit ist mir vergangen.

CÄSAR Geh du in den Hof hinunter, Apollodorus, und sieh nach, was geschehen ist.

Apollodorus nickt und geht auf die Treppe zu, die Rufio zu Anfang der Szene hinaufgekommen ist.

CLEOPATRA Deine Soldaten haben vielleicht jemanden getötet? Ist das so wichtig?

Vom Strand herauf hört man eine murrende Menge, Cäsar und Rufio blicken einander an.

CÄSAR Wir müssen uns darum kümmern. *Er will hinter Apollodorus her, aber Rufio hält ihn am Arm fest, da am äußersten Ende des Daches Ftatateeta mit schleppenden Schritten zurückkommt, in ihren Augen und in den Winkeln ihres Bluthundmundes eine schläfrige Befriedigung. Einen Augenblick lang hat Cäsar den Verdacht, daß sie vom Wein betrunken ist, nicht so Rufio, der genau weiß, welcher rote Saft sie trunken gemacht hat.*

RUFIO *sehr leise:* Zwischen den beiden ist irgendeine Teufelei im Gang.

FTATATEETA Die Königin schaut ihrer Dienerin wieder ins Gesicht.

Einen Augenblick lang liegt auf Cleopatras Gesicht der mörderische Ausdruck Ftatateetas als frohlockender Widerschein, dann umschlingt sie sie mit ihren Armen, küßt sie mehrere Male heftig, nimmt ihren Schmuck ab und hängt ihn ihr um. Die beiden Männer wenden sich von diesem Schauspiel ab und blicken einander an. Ftatateeta schleppt sich schläfrig zum Altar, kniet vor Ra hin und bleibt dort im Gebet versunken. Cäsar geht auf Cleopatra zu, während Rufio in der Säulenreihe stehenbleibt.

CÄSAR *forschend und ernst:* Cleopatra, sag mir, was ist geschehen?

CLEOPATRA *in tödlicher Angst, aber mit äußerster Schmeichelei:* Nichts, mein lieber Cäsar. *Mit fast versagender Stimme, unnatürlich sanft:* Nichts. Ich bin unschuldig. *Sie geht herzlich auf ihn zu:* Lieber Cäsar, bist du etwa böse auf mich? Warum siehst du mich so an? Ich bin doch die ganze Zeit über hier bei dir gewesen. Wie kann ich wissen, was geschehen ist?

CÄSAR *überlegt:* Das stimmt.

CLEOPATRA *sehr erleichtert, versucht ihn zu umarmen:* Natürlich stimmt es. *Er reagiert nicht auf ihre Zärtlichkeiten.*

Rufio, du weißt doch, daß es stimmt, nicht wahr?
Das Murren außerhalb des Palastes schwillt zum Gebrüll an, dann wird es wieder schwächer.

RUFIO Das werd ich gleich wissen. *Er geht in kräftigen Marschschritten auf den Altar zu und berührt Ftatateeta an der Schulter.* Jetzt, Madam, hab ich mit dir zu reden. *Er befiehlt ihr durch eine Geste, vor ihm herzugehen.*

FTATATEETA *steht auf und sieht ihn lauernd an:* Ich gehöre dorthin, wo die Königin ist.

CLEOPATRA Sie hat nichts Böses getan, Rufio.

CÄSAR *zu Rufio:* Laß sie hier.

RUFIO *setzt sich auf den Altar:* Schön, dann gehöre auch ich hierhin, und du kannst selbst nachsehen, was da unten los ist. Die Stadt scheint ganz schön in Aufruhr zu sein.

CÄSAR *sehr mißbilligend:* Rufio, manchmal muß man auch gehorchen.

RUFIO Und manchmal muß man ungehorsam sein. *Er verschränkt verbissen seine Arme.*

CÄSAR *zu Cleopatra:* Schick du sie weg.

CLEOPATRA *in ihrem Eifer, ihn versöhnlich zu stimmen, fast winselnd:* Ja, Cäsar, ich werde sie wegschicken. Ich werde immer alles tun, was du verlangst, Cäsar, denn ich liebe dich. Ftatateeta, geh weg.

FTATATEETA Der Königin Wunsch ist mir Befehl. Ich werde in Rufweite sein, wenn die Königin mich braucht. *Sie geht an Ra vorbei ab, dorthin, wo sie hergekommen ist.*

RUFIO *geht hinter ihr her:* Denke daran, Cäsar, deine Leibgarde ist auch in Rufweite. *Hinter Ftatateeta ab.*
Cleopatra, die sich Cäsars Schwäche für Rufio zunutze macht, verläßt den Tisch und setzt sich auf die Bank in der Säulenreihe.

CLEOPATRA Warum erlaubst du Rufio, dich so zu behandeln? Du solltest ihn belehren, wo sein Platz ist.

CÄSAR Soll ich ihn lehren, mein Feind zu sein und seine Gedanken vor mir zu verbergen, wie du jetzt deine vor mir verbirgst?

CLEOPATRA *wieder voller Angst:* Warum sagst du das, Cäsar? Wirklich, ich verberge gar nichts, bestimmt nicht. Es ist nicht recht von dir, mich so zu behandeln. *Sie bringt einen Seufzer zustande.* Ich bin doch nur ein Kind, und du verwandelst dich in einen Steinklotz, weil du glaubst, jemand sei getötet worden. Ich kann das nicht ertragen. *Sie bricht wirkungsvoll zusammen und weint. Cäsar blickt vollkommen ungerührt in tiefer Trauer auf sie herunter. Sie blickt auf, um zu sehen, wie ihre Vorstellung wirkt. Da sie bemerkt, daß er unberührt davon bleibt, setzt sie sich auf und tut so, als kämpfe sie mit ihren Gefühlen und versuche tapfer, sie zu unterdrücken.* Nun gut, ich weiß, Tränen sind dir verhaßt, ich werde dich damit verschonen. Ich weiß ja, daß du nicht böse, sondern nur traurig bist, aber ich bin eben so dumm, ich kann einfach nicht anders: es tut mir weh, wenn du so kalt mit mir sprichst. Natürlich hast du vollkommen recht: es ist schrecklich, sich vorzustellen, daß irgend jemand getötet oder nur verletzt worden ist, aber ich hoffe, es ist nichts wirklich Ernsthaftes gesche– – *Unter seiner durchdringenden Verachtung stirbt ihre Stimme ab.*

CÄSAR Was hat dich eigentlich so in Schrecken versetzt? Was hast du getan? *Vom Strand unten ein Trompetenstoß.* Aha, das klingt wie die Antwort auf meine Frage.

CLEOPATRA *sinkt zitternd auf der Bank nach hinten und bedeckt ihr Gesicht mit den Händen:* Ich habe dich nicht betrogen, Cäsar, ich schwöre es.

CÄSAR Das weiß ich, denn ich habe dir gar nicht vertraut. *Er wendet sich von ihr ab zum Gehen, da kommen Apollodorus und Britannus, die Lucius Septimus zu ihm hinzerren, Rufio hinter ihnen. Cäsar schaudert:* Schon wieder der Mörder des Pompeius!

RUFIO Ich glaube, die Stadt ist außer Rand und Band. Sie wollen den Palast niederreißen und uns ins Meer jagen. Als wir sie aus dem Hof vertrieben, bekamen wir diesen Renegaten zu fassen.

CÄSAR Laßt ihn los. *Sie lassen Lucius' Arme los.* Warum sind die Bürger so erregt, Lucius Septimius?

LUCIUS Hast du etwas anderes erwartet, Cäsar? Pothinus war ihr Abgott.

CÄSAR Was ist mit Pothinus geschehen? Hier, an dieser Stelle habe ich ihn freigelassen, es ist noch keine halbe Stunde her. Haben sie ihn nicht durchgelassen?

LUCIUS O doch – aber durch den Bogen der Galerie aus zwanzig Meter Höhe und mit zehn Zentimeter Stahl zwischen den Rippen! Er ist so tot wie Pompeius. Was das Morden betrifft, sind wir beide jetzt quitt.

CÄSAR *entsetzt:* Ermordet! Unser Gefangener, unser Gast. *Er wendet sich vorwurfsvoll an Rufio:* Rufio!

RUFIO *mit Nachdruck, indem er die Frage vorwegnimmt:* Wer es immer getan hat, er war klug und dein Freund – *Cleopatra faßt wieder neuen Mut* – aber von uns hat keiner die Hände darin. Es ist also nicht angebracht, mich so finster anzusehen.

Cäsar wendet sich um und blickt Cleopatra an.

CLEOPATRA *sehr heftig, indem sie aufsteht:* Er ist ermordet worden auf Befehl der Königin von Ägypten. Ich bin nicht Julius Cäsar, der Träumer, der jedem Sklaven erlaubt, ihn zu beleidigen. Rufio hat gesagt, es war klug. Jetzt sollen auch die anderen über mich richten. *Sie wendet sich den übrigen zu.* Dieser Pothinus hat versucht, sich mit mir gegen Cäsar zu verschwören und ihn an Achillas und Ptolemäus zu verraten. Ich lehnte ab, und er verfluchte mich, ging heimlich zu Cäsar, um mich bei ihm des Verrats anzuklagen, den er hatte begehen wollen. Ich ertappte ihn dabei, und er beleidigte mich – mich, die Königin, beleidigte er mitten ins Gesicht. Cäsar rächte mich nicht: er sprach ihn frei, er gab ihm gute Worte und ließ ihn laufen. Hatte ich nicht das Recht, mich selbst zu rächen? Sprich, Lucius.

LUCIUS Ich habe nichts dagegen einzuwenden, aber Cäsar wird dir kaum dafür danken.

CLEOPATRA Sprich du, Apollodorus, tat ich unrecht?

APOLLODORUS Ich habe dir nur eins vorzuwerfen, du Schönste aller Schönen: Du hättest mir, deinem Ritter, die Sache überlassen sollen, ich hätte den Verleumder in fairem Zweikampf getötet.

CLEOPATRA *leidenschaftlich:* Nun, Cäsar, soll dein ergebenster Sklave über mich richten. Sprich du, Britannus, habe ich unrecht getan?

BRITANNUS Wenn Verrat, Falschheit und Untreue unbestraft bleiben, wird die Gesellschaft zu einer Arena voll wilder Tiere, die einander in Stücke reißen. Cäsar hat unrecht.

CÄSAR *ruhig, aber bitter:* So ergeht der Urteilsspruch also gegen mich, wie es scheint.

CLEOPATRA *heftig:* Hör, Cäsar, was ich dir zu sagen habe. Wenn du in ganz Alexandrien einen Menschen findest, der sagt, daß ich unrecht getan habe, dann – ich schwöre es – werde ich mich durch meine eigenen Sklaven an der Palasttür kreuzigen lassen.

CÄSAR Wenn jetzt oder jemals in der ganzen Welt ein Mensch gefunden wird, der weiß, daß du unrecht getan hast – der Mensch wird entweder die Welt erobern, wie ich, oder von der Welt gekreuzigt werden. *Der Tumult in den Straßen unten dringt wieder herauf.* Hört ihr das? Die da an eure Tür klopfen, glauben auch an Rache und ans Messer. Ihr habt ihren Anführer ermordet: es ist ihr Recht, euch umzubringen. Und dann soll ich wohl im Namen desselben Rechts – *er betont das Wort mit großem Zorn* – sie umbringen, weil sie die Königin ermordet haben, und dann kommt die Reihe an mich, von ihren Landsleuten umgebracht zu werden, weil ich ihr Vaterland überfallen habe. Kann Rom dann etwas anderes tun, als diese Mörder zu ermorden? Es muß doch der Welt zeigen, wie es seine Söhne und seine Ehre rächt! Und so wird bis ans Ende unserer Zeit Mord wieder Mord gebären, und immer im Namen des Rechts, der Ehre und des Friedens, bis die Götter des Blutvergießens müde sind und eine neue

Menschenart hervorbringen, die Verstand hat. *Heftiger Tumult unten. Cleopatra wird blaß vor Schrecken.* Hörst du das, die du nicht beleidigt werden darfst? Geh nah genug heran, damit du verstehen kannst, was sie rufen! Du wirst hören, daß ihre Worte bitterer sind als die, die aus Pothinus' Mund kamen. *Erhaben, indem er sich mit undurchdringlicher Würde umgibt.* Nun mag die Königin von Ägypten Befehle geben, wie ihre Rache auszuführen sei und sie möge auch die notwendigen Verteidigungsmaßnahmen bestimmen – denn sie hat Cäsar abgeschworen. *Er wendet sich zum Gehen.*

CLEOPATRA *entsetzt, läuft zu ihm hin und fällt vor ihm auf die Knie:* Du darfst mich nicht im Stich lassen, Cäsar. Du mußt den Palast verteidigen.

CÄSAR Die Macht über Leben und Tod hast du übernommen. Ich bin doch nur ein Träumer.

CLEOPATRA Aber sie werden mich töten.

CÄSAR Und warum sollten sie nicht?

CLEOPATRA Wenn du Mitleid...

CÄSAR Mitleid! Jetzt kann plötzlich nur noch Mitleid dich retten. Hat Mitleid den Pothinus gerettet?

Die Hände verzweifelt ringend, steht Cleopatra wieder auf und geht zu ihrer Bank zurück. Apollodorus drückt seine Anteilnahme für sie aus, indem er sich wortlos hinter sie stellt. Inzwischen ist der Himmel von einem sehr lebhaften Purpurrot, wechselt dann bald in ein glühend blasses Orange, gegen das die Säulen und das Ra-Standbild immer dunkler erscheinen.

RUFIO Cäsar, du hast jetzt lange genug gepredigt. Der Feind steht vor der Tür.

CÄSAR *läßt seinem Zorn freien Lauf und wendet sich Rufio zu:* Ach, und was hat ihn alle die Monate über zurückgehalten? War es meine Torheit, wie du es nennst, oder deine Klugheit? Wessen Hand hat denn in diesem roten Blutmeer Ägypten eure Köpfe über Wasser gehalten? *Wendet sich Cleopatra zu:* Und doch – wenn Cäsar zu einem sagt

»Freund, geh, du bist frei«, dann wagst du, die sich in Angst um ihr nichtiges Leben an mein Schwert klammert, dich heimlich hinauszuschleichen und ihm ein Messer in den Rücken zu stoßen. Und ihr alle, ihr Soldaten und Edelleute und ihr ergebenen Diener, vergeßt eure Treue und Ergebenheit und klatscht Beifall zu diesem Mord und sagt »Cäsar ist im Unrecht«. Bei den Göttern, ich hätte Lust, meinen Griff zu lockern und euch alle in den Fluten versinken zu lassen.

CLEOPATRA *die in ihrer Verschlagenheit glaubt, Hoffnung schöpfen zu können:* Aber wenn du das tust, Cäsar, wirst du auch untergehen.

Cäsars Augen beginnen zu funkeln.

RUFIO *sehr erregt:* Verflucht, beim Jupiter, du dreckige, kleine ägyptische Ratte, genau das brauchst du ihm nur zu sagen, und er marschiert ganz allein in die Stadt und läßt uns hier in Stücke schlagen. *Verzweifelt zu Cäsar:* Willst du uns im Stich lassen, weil wir ein Haufen von Dummköpfen sind? Für mich bedeutet Töten nichts Böses, ich tu's, wie ein Hund eine Katze tötet, aus Instinkt. Wir sind doch alle nur Hunde, die hinter deinen Hacken herlaufen; aber wir haben dir ergeben gedient.

CÄSAR *nachgiebiger:* Ach, Rufio, mein Sohn – und wie Hunde werden wir in den Straßen erschlagen werden.

APOLLODORUS *der immer noch hinter Cleopatras Bank steht:* Was du sagst, Cäsar, hat einen olympischen Klang, und deshalb muß es stimmen, denn es ist Literatur. Doch ich bin immer noch auf Cleopatras Seite, und wenn wir sterben müssen, soll es ihr nicht fehlen an der Ergebenheit, die eines Mannes Herz, und an der Stärke, die eines Mannes Arm ihr bieten kann.

CLEOPATRA *schluchzend:* Aber ich will nicht sterben.

CÄSAR *betrübt:* Ach, wie unwürdig, wie unwürdig!

LUCIUS *tritt vor und stellt sich zwischen Cäsar und Cleopatra:* Hör, was ich zu sagen habe, Cäsar, es mag unwürdig sein, aber auch ich möchte solange leben, wie es geht.

CÄSAR Nun, mein Freund, du siehst genau so aus, als würdest du Cäsar überleben. Glaubst du denn, es wäre ein Zaubertrick von mir gewesen, der deine Armee und diese ganze Stadt so lange in Schach gehalten hat? Was hätten sie gestern für einen Grund gehabt, ihr Leben gegen mich aufs Spiel zu setzen? Aber heute haben wir ihren Helden gestürzt, ermordet, und jetzt ist jeder einzelne entschlossen, dieses Mördernest auszuheben – denn Mörder sind wir und nichts sonst. Faß also Mut, und schärfe dein Schwert: das Haupt des Pompeius ist gefallen, Cäsars Haupt ist reif.

APOLLODORUS Cäsar verzweifelt?

CÄSAR *mit unendlichem Stolz:* Wer nie gehofft hat, kann nicht verzweifeln. Ob das Glück für oder gegen ihn ist, Cäsar blickt dem Schicksal ins Gesicht.

LUCIUS Dann blick ihm ins Gesicht: es wird dir zulächeln, wie es dir immer zugelächelt hat.

CÄSAR *mit unbewußtem Hochmut:* Willst du mir etwa Mut machen?

LUCIUS Nein. Ich biete dir meine Dienste an. Wenn du mich haben willst, wechsle ich die Front.

CÄSAR *kommt plötzlich wieder auf die Erde zurück, blickt ihn scharf an; er vermutet, daß sich hinter dem Angebot etwas verbirgt:* Was? In diesem Augenblick?

LUCIUS *fest:* Ja, in diesem Augenblick.

RUFIO Hältst du Cäsar für verrückt genug, dir zu trauen?

LUCIUS Vertrauen soll er mir erst, wenn er gesiegt hat. Ich bitte um mein Leben und um ein Kommando in Cäsars Armee. Und da Cäsar ein fairer Partner ist, zahle ich im voraus.

CÄSAR Im voraus zahlen? Womit?

LUCIUS Mit einer guten Nachricht für dich.

Cäsar ahnt sofort, welcher Art die Nachricht ist.

RUFIO Was für eine Nachricht?

CÄSAR *in gehobener Stimmung und so strahlend vor Energie, daß Cleopatra sich aufrichtet und ihn anstarrt:* Was für eine Nachricht? Hast du gesagt, was für eine Nachricht,

Rufio? Unsere Verstärkung ist da! Was für eine gute Nachricht könnte es sonst für uns geben? Ist es nicht so, Lucius Septimius? Mithridates von Persien ist im Anmarsch.

LUCIUS Er hat Pelusium schon genommen.

CÄSAR *hingerissen:* Von diesem Augenblick an, Lucius Septimius, bist du mein Offizier. Rufio, die Ägypter müssen den letzten Soldaten aus der Stadt gezogen haben, um Mithridates den Übergang über den Nil zu verwehren, und in den Straßen ist also nur – Pöbel – Pöbel!

LUCIUS So ist es. Mithridates rückt über die große Straße auf Memphis zu, um den Nil im Delta zu überqueren. Dort will Achillas ihn stellen.

CÄSAR *wieder ganz Kühnheit:* Cäsar ist es, den Achillas dort stellen wird. Rufio, sieh her! *Er läuft zum Tisch, reißt eine Serviette herunter, taucht den Finger in Wein und zeichnet einen Plan auf die Serviette; Rufio und Lucius Septimius stellen sich neben ihn, um zuzusehen; alle beugen sich tief über den Plan, denn das Tageslicht ist fast ganz erloschen.* Das hier ist der Palast – *zeigt auf seinen Plan* – hier das Theater, du – *zu Rufio* – nimmst dir zwanzig Mann, tust so, als wolltet ihr durch diese Straße hier gehen – *zeigt darauf* –, und während sie euch mit Steinen bewerfen, verlassen unsere Kohorten die Stadt über die Straße hier und die. Hab ich die Straßen richtig bezeichnet, Lucius?

LUCIUS Ja, das ist der Feigenmarkt, und hier ...

CÄSAR *zu erregt, um ihm zuzuhören:* Am Tag unserer Ankunft hab ich mir die Straßen schon gemerkt. Schön. *Er wirft die Serviette auf den Tisch, kommt wieder zur Säulenhalle.* Los, Britannus, ab mit dir, und sag Petronius, innerhalb einer halben Stunde muß die Hälfte unserer Armee eingeschifft und auf den westlichen See zu unterwegs sein. Sattle mein Pferd, und bring meine Rüstung. *Britannus läuft hinaus.* Mit den anderen Männern marschiere ich um den See herum, nilaufwärts, um auf Mithridates zu stoßen. Ab Lucius, gib die nötigen Befehle. *Lucius eilt hinter Britannus her.* Und du, Apollodorus, leihst mir für diese Schlacht dein Schwert und deinen rechten Arm.

APOLLODORUS Ja, und mein Herz und mein Leben dazu.

CÄSAR *ergreift seine Hände:* Ich nehme beides an. *Sie schütteln einander kräftig die Hände.* Bist du bereit zur Tat?

APOLLODORUS Bereit zur Kunst – zur Kriegskunst! *Er rennt, Cleopatra vollständig vergessend, hinter Lucius her.*

RUFIO Endlich wieder was zu tun!

CÄSAR *strahlend:* Nicht wahr, du, mein einziger Sohn? *Er klatscht in die Hände, die Sklaven kommen an den Tisch gelaufen.* Schluß mit dieser widerwärtigen Schwelgerei, weg mit dem ganzen Zeug, schafft es mir aus den Augen und dann macht, daß ihr rauskommt. *Die Sklaven beginnen, den Tisch abzuräumen. Die Vorhänge werden zugezogen, aus der Säulenreihe wird wieder eine geschlossene Wand.* Das mit den Straßen hast du doch verstanden, Rufio?

RUFIO Ja, ich denke schon. Ich werde durchkommen, koste es, was es wolle.

Im Hof unten lebhafte Bucinaklänge.

CÄSAR Gut, gehen wir. Wir müssen zu den Leuten sprechen und ihnen Mut machen. Du gehst an den Strand, ich in den Hof. *Er wendet sich zur Treppe.*

CLEOPATRA *steht von ihrer Bank auf, wo sie die ganze Zeit über völlig unbeachtet gesessen hat und streckt ängstlich die Hände nach Cäsar aus:* Cäsar.

CÄSAR *wendet sich zurück:* Ja?

CLEOPATRA Hast du mich vergessen?

CÄSAR *nachsichtig:* Ich habe jetzt zu tun, mein Kind, viel zu tun. Sobald ich zurückkomme, werden deine Angelegenheiten geregelt. Lebwohl, sei brav und habe Geduld.

Er geht ab, gleichgültig, mit seinen Gedanken ganz woanders. Cleopatra bleibt zurück, mit geballten Fäusten, sprachlos vor Wut und Demütigung.

RUFIO Du hast dein Spiel gespielt und verloren, Cleopatra. Die Frau zieht immer den kürzeren.

CLEOPATRA *hochmütig:* Geh. Dein Herr und Meister wartet

auf dich.

RUFIO *flüstert ihr mit rauher Vertrautheit ins Ohr:* Vorher noch ein Wörtchen. Sag deinem Schlächter: Wenn Pothinus sachgerecht erstochen worden wäre – ich meine, in die Kehle –, dann hätte er nicht schreien können. Dein Mann war ein Stümper.

CLEOPATRA *zweideutig:* Woher weißt du, daß es ein Mann war?

RUFIO *zuckt zusammen und blickt sie verwirrt an:* Du kannst es doch nicht gewesen sein, du warst doch bei uns, als es passiert ist. *Sie wendet ihm zornig den Rücken zu. Er schüttelt den Kopf, zieht den Vorhang auf, um hinauszugehen. Es ist eine mondhelle, strahlende Nacht. Der Tisch ist abgeräumt. Im Mond- und Sternenlicht ist Ftatateeta zu sehen, die wieder betend vor dem weißen Steinaltar des Ra kniet. Rufio zuckt zusammen, zieht den Vorhang vorsichtig wieder zu, und sagt leise zu Cleopatra:* Hat sie's getan? Mit eigener Hand?

CLEOPATRA *drohend:* Wer auch immer es war, meine Feinde sollen sich vor ihr in acht nehmen. Das merke dir, Rufio, du, der es gewagt hat, die Königin von Ägypten vor Cäsar lächerlich zu machen.

RUFIO *blickt sie grimmig an:* Ich werde es mir merken, Cleopatra. *Er bekräftigt sein Versprechen durch ein Nicken, schlüpft durch den Vorhang hinaus, lockert im Gehen sein Schwert in der Scheide.*

RÖMISCHE SOLDATEN *im Hof unten:* Heil, Cäsar! Heil, Heil! *Cleopatra lauscht. Man hört wieder die Bucina, dann mehrmals hintereinander die Trompeten.*

CLEOPATRA *ringt ihre Hände und ruft:* Ftatateeta. Ftatateeta. Es ist dunkel, ich bin so allein. Komm zu mir. *Keine Antwort.* Ftatateeta. *Lauter:* Ftatateeta. *Schweigen. In panischer Angst greift sie nach der Schnur und zieht den Vorhang auf.*

Ftatateeta liegt tot vor dem Altar, mit durchschnittener Kehle. Ihr Blut fließt über die weißen Steine.

Fünfter Akt

Zwölf Uhr mittags. Sehr festlicher militärischer Aufzug am Ufer vor dem Palast. Längsseits im Osthafen, nahe an der Treppe, die Apollodorus hinunterstieg, als er den Teppich in sein Ruderboot lud, liegt Cäsars Galeere, so verschwenderisch mit Blumen geschmückt, daß ihre gesamte Bestükkung und Takelage aus Blumen zu bestehen scheint. Ein römischer Posten bewacht die Schiffsbrücke, über die ein roter Teppich zur Mitte des Strandplatzes hinführt und von da aus weiter nordwärts bis vor den Haupteingang des Palastes, der die Esplanade gegen Süden hin begrenzt. Die breiten Treppen vor dem Palasteingang, auf denen Cleopatras Hofdamen in ihrem festlichsten Schmuck versammelt sind, wirken wie ein Blumengarten. An der Palastfassade entlang steht in Linie angetreten ihre Leibwache, befehligt von denselben Galanen, denen vor sechs Monaten Bel Affris vor dem alten Palast in Syrien das Herannahen Cäsars ankündigte. An der Nordseite stehen in Linie römische Soldaten, hinter ihnen die Stadtbevölkerung auf Zehenspitzen; sie blickt ihnen über die Schultern auf den geräumten Uferplatz, wo nur die Offiziere plaudernd auf und ab gehen. Unter ihnen Belzanor und der Perser sowie der Hautpmann, der aber, mit seiner Rebholzkeule in der Hand, noch mitgenommen vom Kampf und in plumpen schweren Stiefeln, von den ägyptischen Offizieren sowohl rangmäßig als auch was die Eleganz betrifft, erheblich ausgestochen wird. Apollodorus bahnt sich einen Weg durch die Stadtleute und ruft den Offizieren, nun hinter den römischen Linien stehend, zu.

APOLLODORUS Hallo, darf ich durch?
HAUPTMANN Laßt Apollodorus den Sizilianer durch!
Die Soldaten lassen ihn vorbei.
BELZANOR Ist Cäsar da?

APOLLODORUS Noch nicht. Er ist noch auf dem Markt. Ich konnte das Gebrüll und Gejohle der Soldaten nicht mehr länger aushalten. Wenn man eine halbe Stunde zwischen begeisterten Soldaten gestanden hat, spürt man das Bedürfnis nach ein bißchen frischer Seeluft.

PERSER Sag uns, was es Neues gibt. Hat er die Priester umgebracht?

APOLLODORUS So etwas tut er doch nicht. Mit Asche auf den Häuptern und ihren Göttern in den Händen kamen sie ihm auf dem Marktplatz entgegen. Ihre Götter legten sie ihm vor die Füße. Der einzige, den anzusehen sich lohnte, war Apis: ein Wunderwerk aus Gold und Elfenbein. Auf meinen Rat hin hat Cäsar dem Oberpriester zwei Talente dafür geboten.

BELZANOR *entsetzt:* Zwei Talente für Apis, den Allwissenden. Was sagte der Oberpriester dazu?

APOLLODORUS Er rief Apis um Verzeihung an und verlangte fünf Talente.

BELZANOR Jetzt werden Hunger und Unwetter das Land heimsuchen.

PERSER Ach was! Warum hat Apis denn nicht dafür gesorgt, daß Cäsar von Achillas besiegt wurde? Irgendwelche Neuigkeiten von der Front, Apollodorus?

APOLLODORUS Ptolemäus, der kleine König, ist ertrunken.

BELZANOR Ertrunken? Wie ist das geschehen?

APOLLODORUS Mit allen anderen. Cäsar griff sie von drei Seiten gleichzeitig an und scheuchte sie in den Nil, Ptolemäus' Barke ging unter.

BELZANOR Großartig, dieser Cäsar. Ob er bald kommt, was meinst du?

APOLLODORUS Als ich wegging, war er gerade dabei, die Judenfrage zu lösen.

Trompetenstöße von Norden her; Bewegung unter den Stadtleuten kündigt an, daß Cäsar naht.

PERSER Mit dieser Frage ist er aber rasch fertig geworden. Da kommt er ja schon. *Er läuft auf seinen Posten vor der Reihe der ägyptischen Soldaten.*

BELZANOR *hinter ihm her:* Aufgepaßt da! Cäsar kommt!

Die Soldaten nehmen Habacht-Stellung ein, richten sich aus. Apollodorus geht zur ägyptischen Mannschaft.

HAUPTMANN *läuft rasch zum Posten an der Schiffsbrücke:* Achtung! Cäsar kommt!

Cäsar, begleitet von Rufio, kommt in Feldherrenkleidung. Hinter ihnen Britannus. Die Soldaten begrüßen Cäsar mit begeisterten Rufen.

CÄSAR Ich sehe, mein Schiff ist abfahrbereit. Die Stunde des Abschieds von Ägypten ist gekommen. Rufio, was muß ich noch erledigen, bevor ich abfahre?

RUFIO *links von Cäsar:* Du hast noch keinen römischen Statthalter für diese Provinz ernannt.

CÄSAR *sieht ihn verschmitzt an, spricht aber mit vollkommenem Ernst:* Was hältst du von Mithridates von Pergamon, dem großen Sohn des Eupator, der mich befreit und gerettet hat?

RUFIO Nun, ich denke, den brauchst du noch anderswo. Vergiß nicht, daß du auf dem Heimweg noch drei oder vier Armeen schlagen mußt.

CÄSAR Natürlich, ach ja. Nun, und was hältst du von dir selbst?

RUFIO *traut seinen Ohren nicht:* Statthalter? Das kann doch nicht dein Ernst sein. Du vergißt, daß ich nur der Sohn eines Freigelassenen bin.

CÄSAR *sehr herzlich:* Und hat nicht Cäsar dich seinen Sohn genannt? *Wendet sich an alle Versammelten:* Ruhe jetzt! Vernehmt, was ich zu sagen habe!

DIE RÖMISCHEN SOLDATEN Cäsar spricht.

CÄSAR Vernehmt jetzt die Verdienste sowie menschlichen Eigenschaften, Rang und Namen des römischen Statthalters. Im Dienst ist er Cäsars Schild; als Mensch Cäsars Freund; sein Rang: römischer Soldat. *Die römischen Soldaten brechen in Triumphgeschrei aus.* Sein Name: Rufio! *Wieder Geschrei.*

RUFIO *indem er Cäsar die Hand küßt:* Ja, Cäsars Schild, das bin ich, aber wozu werde ich noch taugen, wenn ich nicht mehr an Cäsars Arm bin. Na, macht ja nichts.

Ihm versagt die Stimme, er wendet sich ab, um sich zu fassen.

CÄSAR Und wo ist mein britischer Inselbewohner?

BRITANNUS *tritt vor, stellt sich rechts von Cäsar:* Hier, Cäsar.

CÄSAR Wer hieß dich, mit den barbarischen Schreien deines Heimatlandes am Delta in die Schlacht zu stürzen, es mit vier Ägyptern gleichzeitig aufzunehmen – und sie mit was für unfeinen Beiwörtern zu bedenken?

BRITANNUS Cäsar, ich bitte dich, mir die Ausdrücke zu verzeihen. Sie sind mir in der Hitze des Gefechts entschlüpft.

CÄSAR Und wie ist es dir, der nicht schwimmen kann, gelungen, den Kanal zu überqueren, als wir das Lager erstürmten?

BRITANNUS Ich habe mich am Schweif deines Pferdes festgehalten, Cäsar.

CÄSAR So handelt nur ein freier Mann, Britannus, kein Sklave.

BRITANNUS Ich bin als freier Mensch geboren, Cäsar.

CÄSAR Man nennt dich aber einen Sklaven Cäsars.

BRITANNUS Erst als Cäsars Sklave habe ich wirkliche Freiheit gefunden.

CÄSAR *bewegt:* Das hast du gut gesagt. Undankbar, wie ich bin, wollte ich dich gerade freilassen, jetzt aber trenne ich mich nicht um eine Million Talente von dir.

Er klopft ihm freundlich auf die Schulter; Britannus, von Dankbarkeit erfüllt, aber ein bißchen verlegen, nimmt Cäsars Hand und küßt sie ungeschickt.

BELZANOR *zum Perser:* Dieser Römer weiß, wie man sich Männer verpflichtet.

PERSER Ach, nur Männer, die zu niedrig sind, um ihm als Rivalen gefährlich zu werden.

BELZANOR O du Schlauer! Zyniker du!

CÄSAR *der Apollodorus auf der ägyptischen Seite erblickt, ruft ihm zu:* Apollodorus: Dir gebe ich Ägyptens Kunst in Obhut, und vergiß nicht: Rom liebt die Künste und fördert sie großzügig.

APOLLODORUS Verstanden, Cäsar. Rom selbst wird niemals Kunst hervorbringen, aber es wird kaufen oder mitnehmen, was andere Nationen hervorbringen.

CÄSAR Was? Rom bringt keine Kunst hervor? Ist Frieden keine Kunst? Sind Krieg, Verwaltung, Zivilisation keine Künste? Das alles geben wir euch im Tausch für ein paar Schmuckstücke. Ihr macht dabei das bessere Geschäft. *Wendet sich an Rufio:* So, und was war noch zu erledigen, bevor ich das Schiff besteige? *Versucht, sich zu erinnern:* Da war doch noch was – ich komme nicht drauf. Was war das bloß? Nun gut, es muß unerledigt bleiben, wir müssen den günstigen Wind ausnutzen. Leb wohl, Rufio.

RUFIO Cäsar, es fällt mir schwer, dich ohne deinen Schild nach Rom fahren zu lassen: es gibt dort zu viele Dolche.

CÄSAR Macht nichts. Mein Lebenswerk werde ich auf dem Rückweg zu Ende bringen, und dann habe ich lange genug gelebt. Übrigens, die Vorstellung, ich müßte im Bett sterben, hat mir nie gefallen. Es wäre mir lieber, ich würde getötet. Leb wohl.

RUFIO *hebt seine Hände und seufzt, gibt Cäsar als unverbesserlich auf:* Leb wohl. *Sie schütteln sich die Hände.*

CÄSAR *winkt Apollodorus zu:* Leb wohl, Apollodorus, und alle meine Freunde hier: Lebt wohl! Und jetzt an Bord. *Die Schiffsbrücke wird vom Quai aus an das Schiff geschoben. Während Cäsar darauf zugeht, kommt Cleopatra aus dem Palast und bleibt auf den Stufen der Freitreppe stehen; sie ist raffiniert in Schwarz gekleidet, sie wirkt kalt und tragisch; ohne jeden Schmuck, inmitten ihres Gefolges von prächtig gekleideten Hofdamen, jetzt durch diese hindurch nach vorne schreitend, sieht sie hinreißend aus. Cäsar bemerkt sie erst, als sie anfängt zu sprechen.*

CLEOPATRA Für Cleopatra hast du keinen Abschiedsgruß?

CÄSAR *dem plötzlich alles einfällt:* Ach, ich wußte doch, da war noch was. *Zu Rufio:* Warum hast du mich nicht an sie erinnert, Rufio? *Er läuft auf sie zu:* Wäre ich abgefahren, ohne dich noch einmal gesehen zu haben – ich hätte es mir nie verziehen. *Er faßt sie an der Hand und führt sie auf die Mitte des Platzes. Mit steinernem Gesicht überläßt sie sich ihm.* Gilt diese Trauer mir?

CLEOPATRA Nein.

CÄSAR *bedauernd:* Ach, wie gedankenlos ich war. Natürlich, du trägst Trauer um deinen Bruder.

CLEOPATRA Nein.

CÄSAR Um wen denn?

CLEOPATRA Frage den römischen Statthalter, den du uns hiergelassen hast.

CÄSAR Rufio?

CLEOPATRA Ja, frag Rufio. *Sie zeigt auf ihn mit tödlichem Haß.* Frag ihn, der hier regieren soll, in Cäsars Namen, auf Cäsars Art und nach den Lebensgesetzen, deren Cäsar sich rühmt.

CÄSAR *unsicher:* Er wird so gut regieren, wie er kann, Cleopatra. Er hat den Auftrag übernommen, und er wird ihn auf seine Weise erfüllen.

CLEOPATRA Also nicht auf deine Weise?

CÄSAR *verwirrt:* Was meinst du damit – meine Weise?

CLEOPATRA Ohne Strafen. Ohne Rache. Ohne Gericht.

CÄSAR *zustimmend:* Ja, das ist der richtige Weg, der große Weg, und letzten Endes der einzig mögliche. *Zu Rufio:* Glaube es mir, Rufio, wenn du kannst.

RUFIO Natürlich glaube ich es, Cäsar. Du hast mich schon lange davon überzeugt. Aber sag mir eins: Du fährst ja heute noch nach Numidien. Wenn dir dort ein hungriger Löwe begegnet, wirst du ihn nicht bestrafen, wenn er dich fressen will?

CÄSAR *fragt sich, worauf Rufio hinaus will:* Nein.

RUFIO Und du wirst nicht an ihm das Blut derer rächen, die er schon aufgefressen hat?

CÄSAR Nein.

RUFIO Und seine Schuld nicht richten?

CÄSAR Nein.

RUFIO Schön. Was wirst du also tun, um dein Leben vor ihm zu retten?

CÄSAR *ohne zu zögern:* Ihn töten, Mann, ohne Bosheit, so wie er mich töten würde. Warum erzählst du mir dieses Gleichnis vom Löwen?

RUFIO Na, weil Cleopatra eine Tigerin hatte, die auf ihren Befehl hin Menschen tötete, und ich dachte mir, eines Tages könnte sie ihr befehlen, dich zu töten. Ja, wäre ich nicht Cäsars Schüler gewesen, was für fromme Geschichten hätte ich wohl mit der Tigerin angestellt? Vielleicht hätte ich ihr hart zugesetzt, vielleicht hätte ich Pothinus an ihr gerächt.

CÄSAR *einwerfend:* Pothinus!?

RUFIO *fährt fort:* Vielleicht hätte ich sie gerichtet. Aber alle diese Torheiten habe ich vermieden: ich habe ihr, ohne jede Bosheit, nur die Kehle durchgeschnitten. Deswegen steht Cleopatra in Trauerkleidern vor dir.

CLEOPATRA *heftig:* Er hat das Blut meiner Dienerin Ftateeta vergossen. Und wenn du ihn dafür nicht bestrafst, komme es auf dein Haupt wie auf seins, Cäsar.

CÄSAR *entschieden:* Es komme also auf mein Haupt, denn es war recht getan. Rufio, hättest du dich selbst in den Richterstuhl gesetzt und mit verabscheuungswürdigen Zeremonien und Anrufungen der Götter diese Frau einem bezahlten Henker überantwortet, der sie im Namen der Gerechtigkeit im Anblick des Volkes hingerichtet hätte – niemals mehr könnte ich deine Hand berühren, ohne zu schaudern. Das aber war Notwehr, es erfüllt mich nicht mit Abscheu.

Rufio nickt Cleopatra einverstanden zu, fordert sie stumm auf, sich diese Worte zu merken.

CLEOPATRA *launisch und kindisch in ihrer Ohnmacht:* Nein, natürlich nicht, es ist kein Mord, wenn ein Römer eine

Ägypterin tötet. Jetzt wird die ganze Welt wissen, wie ungerecht und verworfen Cäsar ist.

CÄSAR *nimmt tröstend ihre Hand:* Komm, sei nicht böse mit mir. Es tut mir leid um die arme Totateeta. *Cleopatra lacht wider Willen.* Aha, jetzt lachst du. Bedeutet das, daß wir versöhnt sind?

CLEOPATRA *des Lachens wegen ärgerlich über sich selbst:* Nein, nein und nochmal: Nein! Aber ich muß einfach lachen, wenn ich höre, daß du sie Totateeta nennst.

CÄSAR Ach, immer noch ein Kind, Cleopatra? Es ist mir also nicht gelungen, eine Frau aus dir zu machen?

CLEOPATRA Nein, das große Kind hier bist du! Weil du dich nicht ernsthaft benehmen kannst, wirke ich so albern. Aber du hast mich schlecht behandelt, und das werde ich dir nicht verzeihen.

CÄSAR Sag mir Lebwohl.

CLEOPATRA Nein, das werde ich nicht tun.

CÄSAR *schmeichelnd:* Ich werde dir aus Rom ein schönes Geschenk schicken.

CLEOPATRA *stolz:* Ach, aus Rom etwas Schönes nach Ägypten, wirklich? Was kann Rom mir schon geben, das Ägypten nicht hätte?

APOLLODORUS Das ist wahr, Cäsar. Wenn es ein wirklich schönes Geschenk sein soll, werde ich es für dich in Alexandria besorgen müssen.

CÄSAR Mein Sohn, du vergißt die Schätze, denen Rom seinen größten Ruhm verdankt. Die kannst du nicht in Alexandria kaufen.

APOLLODORUS Und das wäre, Cäsar?

CÄSAR Seine Söhne. Komm, Cleopatra, verzeih mir und sag mir Lebwohl, und ich werde dir einen Mann schicken, Römer von der Fußsohle bis zum Scheitel, und der edelsten Römer einer. Nicht alt und nicht reif für den Dolch, nicht mit mageren Armen und kaltem Herzen, keinen, der seinen Kahlkopf unterm Lorbeer des Eroberers verbirgt, nicht gebeugt unter dem Gewicht der Welt – nein, lebhaft und frisch, jung und stark, am Morgen voller Hoffnung, am Tage im Kampf, am Abend bereit zu feiern. Willst du so einen gegen Cäsar eintauschen?

CLEOPATRA *mit klopfendem Herzen:* Wie heißt er, wie heißt er?

CÄSAR Soll er Mark Anton heißen?

Sie wirft sich Cäsar in die Arme.

RUFIO Du machst ein schlechtes Geschäft, Mädchen, wenn du Cäsar gegen Mark Anton eintauschst.

CÄSAR So, bist du jetzt zufrieden?

CLEOPATRA Und wirst du es auch nicht vergessen?

CÄSAR Ich werde es nicht vergessen. Leb wohl, ich glaube nicht, daß wir uns wiedersehen. *Er küßt sie auf die Stirn. Sie ist sehr bewegt und fängt an zu schniefen. Cäsar besteigt die Galeere.*

DIE RÖMISCHEN SOLDATEN *sobald er die Schiffsbrücke betritt:* Heil dir, Cäsar! Leb wohl, Cäsar!

Cäsar hat das Schiff bestiegen und erwidert Rufios Winken.

APOLLODORUS Weine nicht, teuerste Königin, deine Tränen brechen deinem Diener das Herz. Eines Tages kommt er zurück.

CLEOPATRA Ich hoffe, er kommt nie zurück, und doch, ich kann nicht anders: ich muß weinen. *Sie winkt Cäsar mit ihrem Taschentuch, das Schiff beginnt sich in Bewegung zu setzen.*

DIE RÖMISCHEN SOLDATEN *ziehen ihre Schwerter und heben sie hoch:* Heil dir, Cäsar!

Anmerkungen zu
Cäsar und Cleopatra

Cleopatras Rezept gegen Kahlheit

In einer Situation, die Eile erfordert, habe ich der Kürze halber Cleopatra Rum empfehlen lassen. Das ist leider ein Anachronismus: der einzige wirkliche Anachronismus im ganzen Stück. Um das auszugleichen, teile ich hier ein paar Mittelchen mit, an die sie wirklich geglaubt hat. Sie werden von Galenus* aus Cleopatras »Schönheitsrezepten« zitiert.
»Gegen kahle Stellen: Man nehme pulverisiertes rotes Arsen-Sulphat und mische es mit Eichenharz, soviel Pulver wie die Flüssigkeit aufnimmt. Man streiche die Mischung auf einen Lappen und lege sie auf die vorher gewaschene kahle Stelle. Ich habe das obige mit Nitriumschaum gemischt, und es hat gut gewirkt.«
Dann folgen verschiedene andere Rezepte, das letzte lautet so: »Gegen Haarausfall ist das folgende, aufgetragen mit Öl oder Pomade, das beste; hilft auch gegen Ausfall von Wimpern oder bei Leuten, die völlig kahl werden. Bewirkt Wunder. Je ein Teil: gebrannte Hausmäuse, gebrannten Wein-Abfall, gebrannte Pferdezähne und ein Teil Bärenfett, ein Teil Hirschmark, ein Teil Schilfrinde. Trocken zerkleinern, mit viel Honig mischen, bis es die Konsistenz von Honig annimmt; danach das Bärenfett und das Hirschmark schmelzen und alles vermischen, die fertige Medizin in einen Messingkolben tun, die kahle Stelle einreiben, bis es sprießt.«
Was die Ingredienzien betrifft, so schreibt mir mein Dramatikerkollege Gilbert Murray, der, in seiner Eigenschaft als Professor für Griechisch, das klassische Altertum mit hochwissenschaftlichen Methoden untersucht hat, folgendes: »Einiges davon verstehe ich nicht, und wahrscheinlich hat auch Galenus es nicht verstanden, denn er zitiert ja Ihre Heldin wörtlich. Ich glaube, Nitriumschaum ist so etwas wie Seifenlauge. Schilfrinde ist ein seltsamer Ausdruck. Vielleicht

* Galen oder Galenus: griechisch-römischer Arzt, 129 bis 199, der das Wissen der antiken Heilkunde überlieferte.

ist damit die äußere Membrane des Schilfrohrs gemeint: Ich weiß nicht, wie die korrekte Bezeichnung lautet. Das Gebrannte-Mäuse-Rezept fasse ich so auf, daß man zuerst die trockenen Pulver mit Honig zu mischen hat, dann die Fette hinzufügt. Ich nehme an, Cleopatra hat dieses Rezept vorgezogen, weil man bei fast allen anderen die Haut heftig reiben und punktieren muß, bis sie zu bluten beginnt. Was Wein-Abfall ist, weiß ich nicht. Ich habe wörtlich übersetzt.«

Scheinbare Anachronismen

Die einzige Möglichkeit, ein Stück zu schreiben, das dem durchschnittlichen Publikum einen Eindruck von der Antike vermittelt, besteht darin, die handelnden Personen in Blankversen sprechen zu lassen und sich jeglicher Erwähnung der Dampfmaschine, des Telegrafen oder sonst irgendeiner technischen Einzelheit der modernen Existenz zu enthalten. Je unwissender die Menschen sind, desto fester sind sie davon überzeugt, daß ihre eigene Kirchturmspitze den Gipfel bildet, zu dem sich Kultur und Philosophie von den Wüsteneien der Steinzeit her die ganze Pyramide der Zeiten hinauf mühsam emporgearbeitet haben. Aus Wildheit, so denken sie, wurde Barbarei, aus Barbarei wurde die antike Kultur; die antike Kultur wurde zum paulinischen Christentum; aus dem paulinischen Christentum wurde der römische Katholizismus; aus dem römischen Katholizismus das finstere Mittelalter, und das finstere Mittelalter wurde schließlich durch die protestantischen Instinkte des englischen Volkes aufgeklärt. Diesen ganzen Vorgang nennt man dann Fortschritt, *den* Fortschritt schlechthin. Und jeder ältere Herr von fortschrittlicher Gemütsart wird bescheinigen, daß seit seiner Kindheit alles enorm viel besser geworden ist.

Wenn wir aber ausrechnen, wie viele Generationen fortschrittlicher älterer Herren seit, sagen wir, Plato gelebt haben, und die aufeinanderfolgenden enormen Verbesserungen, die sie alle bescheinigt haben, addieren, dann stehen wir mit einem Mal vor der so überraschenden wie unerklärlichen Tatsache, daß die Welt, statt in siebenundsechzig Generationen besser geworden zu sein, sich gegenwärtig und insgesamt, etwa in Ibsens *Volksfeind*, weitaus weniger würdig darstellt als in Platos *Republik*. Tatsächlich ist die von der Geschichtsschreibung erfaßte Zeitspanne viel zu kurz, als daß ein erkennbarer Fortschritt im populären Sinne einer »Entwicklung der Spezies Mensch« möglich wäre. Die Vorstellung, daß es irgendeinen Fortschritt dieser Art seit Cäsars Lebzeiten (seit weniger als zwanzig Jahrhunderten) gegeben hat, ist zu absurd, um diskutabel zu sein. Die ganze Wildheit, die Barbarei, das finstere Mittelalter und alles andere, wovon uns aus der Vergangenheit berichtet wird, all das ist auch in diesem Augenblick vorhanden. Ein britischer Zimmermann oder Steinmetz mag darauf hinweisen, daß er mit seiner Arbeit zweimal soviel Geld verdient wie sein Vater, und daß die schlichte Hütte seiner Großmutter sich nicht blicken lassen könne neben seinem Haus in der Vorstadt mit Bad, Pianino, Wohnzimmergarnitur oder Fotoalbum. Doch die Abkömmlinge feudaler Barone, die von fünfzehn Shilling Wochenlohn in ärmlichen Mietswohnungen leben und nicht mehr mit fürstlichen Einnahmen in Schlössern, beglückwünschen die Welt aber tatsächlich zu dieser Veränderung keineswegs. Veränderungen solcher Art treffen nicht den Kern der Sache. Es ist, soweit unsere Überlieferungen zurückreichen, immer bekannt gewesen, daß ein Mensch, der wild in Wäldern herumläuft, sich unterscheidet von einem, der in einem Großstadtslum eingesperrt ist, daß ein Hund einen Hirten besser zu verstehen scheint, als ein Holzhacker oder Wasserträger einen Astronomen versteht, und daß Zuchtwahl, sorgfältige Erziehung, reichliche und gute Nahrung und Wohnung eine Menschenart hervorbringen, die zu dem gewöhnlichen Arbeiter gesellschaftlich nicht paßt. Dasselbe trifft auf Pferde und Hunde zu. Es besteht offenbar die Möglichkeit, große Veränderungen in der Welt hervorzurufen, indem man den Prozentsatz von Individuen steigert, deren Eltern sorgfältig ausgewählt sind und die behütet, gepflegt und vornehm erzogen werden. Man könnte das in einem Maße tun, daß schließlich aus jedem Mann und jeder Frau das Menschenmögliche herausgeholt wird. Aber diese Möglichkeit bestand in den Tagen der Hethiter so gut wie heute. Es stützt nicht im geringsten die allgemein verbreitete Annahme, daß die kultivierten Zeitgenossen der Hethiter sich von ihren modernen Nachfahren unterscheiden.

Dies müßte als der abgedroschenste aller Gemeinplätze erscheinen, wäre es nicht so, daß sich im Durchschnittszeitgenossen Unwissenheit über die Vergangenheit und Idealisierung der Gegenwart vereinen, ihn irreführen und ihm schmeicheln. In unserem neuesten Buch über die Transsibirische Eisenbahn wird die Dumpfheit des sibirischen Bauern und die vulgäre Protzerei des sibirischen Geschäftsmannes beschrieben, ohne daß dem Verfasser im geringsten dabei bewußt wird, daß es gerechter gewesen wäre, einfach zu sagen: »Bauern und Plutokraten aus der Provinz sind in Sibirien genau so, wie sie in England sind.« Und auch der Professor, der gerade eben ein Loblied auf die Kultur des Weströmischen Kaiserreichs im fünften Jahrhundert anstimmt, fühlt sich verpflichtet, seinen eigenen Forschungen zum Trotz vorauszusetzen, daß es damals zwei Arten von Lebewesen gab, die Christen und die Heiden. Man könnte ebensogut voraussetzen – setzt auch gemeinhin stillschweigend voraus –, daß ein Mord mit einem Giftpfeil sich von einem Mord, der mit einem Mausergewehr begangen wird, unterscheidet. Alle diese Voraussetzungen beruhen auf Täuschungen. Nehmt nur die allererste Zeile Geschichtsschreibung, und ihr werdet sie alle finden: euren Christen und euren Heiden, euren Dorftrottel und euren Poeten, den Heloten und den Helden, Don Quixote und Sancho Panza, Tamino und Papageno, euren Newton und den Buschmann, der nicht weiter als bis zehn zählen kann; sie alle leben, sind gleichzeitig vorhanden, sind alle davon überzeugt, Erben der Jahrhunderte zu sein und privilegierte Empfänger der *einen* Wahrheit (alle anderen sind verdammenswerte Häresien). Und genau so findet man sie heute, sie gedeihen in allen Ländern, von denen jedes einzelne das tapferste und beste ist, das je auf Befehl des Himmels dem azurblauen Meer entsprang.

Dann gibt es da noch die Täuschung der »gesteigerten Beherrschung der Natur«, und damit ist gemeint: Baumwolle ist billig, und zehn Meilen per Fahrrad sind auf der Landstraße so schnell zurückgelegt wie vier Meilen zu Fuß. Aber selbst wenn die gesteigerte Herrschaft des Menschen über die Natur irgendeine gesteigerte Herrschaft des Menschen über sich selbst einschlösse (was auf dem Weg der Entwicklung zu einem höheren Wesen die einzig relevante Art der Herrschaft wäre) bleibt doch die Tatsache bestehen, daß der Mensch nur Erholung findet von der Einwirkung des Qualms, des Gestanks, der verpesteten Luft, der Überbevölkerung, der Häßlichkeit, des Gewimmels und dem Dreck, den die billige Baumwolle uns kostet, wenn er aus den Stätten seiner Herrschaft über die Natur in ländliche Orte flüchtet, wo die Natur noch ihre primitive Herrschaft über den Menschen ausübt. Wenn industrieller Unternehmungsgeist Fortschritt bedeutet, müßte man in den Städten weiterentwickelt sein als auf dem Land, und die Landarbeiter und Dorfhandwerker müßten sich weniger von Hiobs Knechten unterscheiden als das moderne Proletariat Londons vom Proletariat Roms zur Zeit Cäsars. Und doch ist das Cockney-Proletariat dem Arbeiter im Dorf so unterlegen, daß London nur weiter existieren kann, wenn es stetig vom Land her neuen Zustrom bekommt. Es sieht gar nicht so aus, als ob die Veränderungen, die seit Hiobs Zeiten stattgefunden haben, Fortschritt im gängigen Sinne bedeuten könnten: genau das Gegenteil ist der Fall. Nur der allgemeine Vorrat an Erfindungen hat sich ein bißchen vergrößert. Das ist alles.

Zur Erläuterung meiner These noch etwas: Sind die Engländer etwa bereit zuzugeben, daß die Amerikaner ihnen als menschliche Lebewesen überlegen sind? Ich stelle die Frage, weil in Amerika die Knappheit an Arbeitskraft im Verhältnis zur Nachfrage eine Weiterentwicklung von Maschinen gefördert hat, folglich also eine »gesteigerte Herrschaft über die Natur«, die viele unserer englischen Arbeitsmethoden fast mittelalterlich erscheinen läßt, verglichen mit den neuesten Methoden in Chikago. Das bedeutet, daß die Überlegenheit des Amerikaners gegenüber dem Engländer genau der gleichen Natur ist wie die der Engländer über die Zeitgenossen Ciceros. Aber sind die Engländer willens, in beiden Fällen dieselbe Schlußfolgerung zu ziehen? Ich glaube nicht. Natürlich werden die Amerikaner die Schlußfolgerung gerne ziehen, aber dann muß ich ihnen die Frage stellen, zumal ein moderner zeitgenössischer Neger weitaus mehr »Herr über die Natur« ist als Washington es war, ob wir auch den Schluß ziehen müssen, der in dem ersten eingeschlossen ist, daß nämlich von Washington bis zum Neger des Fin de siècle die Humanität Fortschritte gemacht hat?

Schließlich möchte ich noch auf folgendes hinweisen: Wenn die Krönung des Lebens im Erfolg und in der Hingabe an industrielle Planung und Erfindungen besteht, dann täten wir besser daran, Ameise und Biene hochzupreisen (wozu uns in unserer Jugend die Moralisten ja auch eindringlich aufforderten), und uns demütig zu beugen vor der Anmaßung der Vögel des Aristophanes.

Meine Gründe, in *Cäsar und Cleopatra* die weitverbreitete Vorstellung von Fortschritt zu ignorieren, sind die, daß es keinen Grund gibt, zu glauben, es hätte seit ihrer Zeit irgendein Fortschritt stattgefunden. Doch auch wenn ich die weitverbreitete Täuschung darüber teilte – ich wüßte nicht, wie ich das Stück hätte wesentlich anders machen können. Ich kann Menschen nur, wie ich sie kenne, nachbilden. Keiner weiß, ob Shakespeare glaubte, die Tischler, Weber und Blasebalgflicker im alten Athen hätten sich von den elisabethanischen unterschieden, aber es ist ganz sicher, daß er sie so nicht hätte machen können; es sei denn, er hätte wirklich den

Gebildeten gemimt und Squenz* nicht sagen lassen »Ist unsre ganze Kompanie beisammen?«, sondern »Meiner Seel, der da am Piräus an uns vorüberging, war das nicht Sokrates in Gesellschaft von Glaucon und Polemarkos auf dem Wege zum Hause des Kephalos?« Und so weiter.

Cleopatra

Cleopatra war erst sechzehn, als Cäsar nach Ägypten kam; doch ist man in Ägypten mit sechzehn reifer als in England. So ist das Kindische aber auch Kindliche, das ich ihr zuschreibe, soweit es auf kindhaften Charakter und nicht auf Mangel an Erfahrung beruht, nicht eine Sache des Alters. Man könnte es in unseren Breiten bis auf den heutigen Tag an vielen Frauen von fünfzig entdecken. Es ist ein Irrtum anzunehmen, daß der Unterschied zwischen Klugheit und Albernheit in irgendeiner Beziehung steht zum Unterschied zwischen Alter und Jugend im physischen Sinne. Es gibt Frauen, die mit siebzig jünger sind als die meisten mit siebzehn.

Man muß sich außerdem klar darüber sein, daß Cleopatra eine Königin war und deshalb nicht die typische gebildete, von griechischer Kultur geprägte Dame ihrer Zeit. Sie als eine solche Dame darzustellen, wäre so absurd, wie Georg IV. als jemanden darzustellen, der auf der geistigen Stufe der Errungenschaften von Sir Isaac Newton lebte. Natürlich würde ein durchschnittlich gebildetes Mädchen aus Alexandria die Schauergeschichten über die Römer genausowenig geglaubt haben, wie die Tochter eines modernen Professors in Oxford solche über die Deutschen glauben würde (obwohl es übrigens durchaus möglich ist, in Oxford großen Unsinn über Ausländer zu hören, wenn wir gerade Krieg mit ihnen führen). Aber ich fühle mich nicht verpflichtet zu glauben, daß Cleopatra sehr gebildet war. Ihr Vater, der berühmte Flöten-

* Peter Squenz: Gestalt des Zimmermanns in *Ein Sommernachtstraum*

bläser, war keineswegs ein Vater von der Art eines Oxfordprofessors. Und Cleopatra war ein Apfel, der nicht weit vom Stamm fiel.

Britannus

Unter denen, die dieses Stück im Manuskript gelesen haben, fand ich die feste Überzeugung, daß ein Brite aus dem Altertum unmöglich wie ein moderner Brite hätte sein können. Ich sehe keinen Grund, diese Ansicht zu übernehmen. Natürlich haben die römische und die normannische Besetzung eine gewisse Zeit lang die Art des typischen Durchschnittsbriten, der ein Produkt des Klimas ist, durcheinandergebracht, aber Britannus war vor diesen Ereignissen geboren, er repräsentiert den unverfälschten Briten, der einst gegen Cäsar kämpfte und die römischen Beobachter sehr beeindruckte, wie wir überhaupt von den Altvorderen dieses Landes erwarten dürfen, daß sie die kultivierten Italiener ihrer Zeit beeindruckt haben.

Es wurde mir gesagt, es sei nicht wissenschaftlich korrekt, den Nationalcharakter als ein Ergebnis des Klimas zu betrachten, aber dieser Einwand beweist nur den großen Unterschied zwischen dem, was jedermann weiß, und dem intellektuellen Sport, der sich Naturwissenschaft nennt. In Großbritannien, Irland und Amerika leben Menschen von genau dem gleichen Ursprung, die ein und dieselbe Sprache sprechen, und das Ergebnis sind drei Nationalcharaktere, wie man sie unterschiedlicher kaum unter der Sonne finden kann. Rassenunterschiede dagegen sind etwas ganz anderes. Der Unterschied zwischen einem Juden und einem Nichtjuden ist ganz anderer Art als der zwischen einem Engländer und einem Deutschen. Britannus' Eigenarten sind lokale, nicht rassische Eigenarten. Bei einem Briten aus dem Altertum müssen diese Eigenarten, so nehme ich an, noch ausgeprägter gewesen sein, denn das moderne Britannien, seiner Wälder beraubt,

entwässert, verstädtert, und infolgedessen mehr und mehr allen anderen Ländern angeglichen, ist vermutlich viel weniger typisch britisch als das Britannien zu Cäsars Zeit.
Und so frage ich noch einmal: Glaubt irgend jemand, der, mit den Kenntnissen seines eigenen Zeitalters ausgerüstet, die Geschichte anhand zeitgenössischer Dokumente studiert hat, glaubt so jemand wirklich, daß siebenundsechzig Generationen freizügiger Eheschließungen die menschliche Fauna auf diesen unseren Inseln spürbar verändert habe? Ich jedenfalls glaube es nicht.

Julius Cäsar

Was Cäsar betrifft, so habe ich absichtlich den üblichen Anachronismus vermieden, von Cäsars Publikationen auszugehen und den Schluß zu ziehen, der Stil sei der Mensch. Das trifft nur auf Autoren zu, die den besonderen literarischen Genius besitzen und geübt genug sind, sich selbst in litteris vollkommen auszudrücken. Es trifft nicht zu, nicht einmal unter diesen Bedingungen, für ein Zeitalter, das Literatur als ein Spiel mit dem Stil betrachtete und nicht als ein Mittel für den Autor, sich selbst auszudrücken. Nun war aber Cäsar als Stilist ein Amateur, der Reisebücher und Schlachtbeschreibungen in einem so unpersönlichen Stil schrieb, daß die Authentizität seiner späteren Publikationen umstritten ist. Sie enthüllen einige seiner Eigenschaften, so wie *Ein Naturforscher reist um die Welt* einige der Eigenschaften von Darwin enthüllen, ohne daß seine eigentliche Persönlichkeit zum Ausdruck käme. Ein Engländer, der sie läse, würde sagen, Cäsar sei ein Mann von gutem Geschmack und mit viel gesundem Menschenverstand gewesen, womit er meinen würde: ein Mann ohne jegliche Originalität oder Zivilcourage. Ich hoffe, indem ich Cäsar als eine weitaus vielfältigere Persönlichkeit darstelle, als es der Geschichtsschreiber war, der den *Gallischen Krieg* beschrieben hat, mich nicht zu sehr der dramatischen Selbsttäuschung schuldig zu machen, denen alle großen Männer ihren Ruhm teilweise, manche ganz und gar verdanken. Ich gebe zu, daß im Krieg erworbener Ruhm besonders fragwürdig ist. Fähige Zivilisten wie Cäsar und Cromwell, die sich erst in mittleren Jahren dem Waffenhandwerk zuwandten, haben den gegnerischen Generalen, die in diesem Handwerk aufgewachsen waren, allen Lorbeer weggeschnappt, ganz offensichtlich deshalb, weil fähige Persönlichkeiten im Kriegshandwerk so rar sind, daß nur äußerst selten gleichzeitig zwei in der gleichen Hemisphäre vorkommen. Sehr wahrscheinlich ist die Tüchtigkeit eines Eroberers nicht selten nur eine scheinbare, sie beruht in Wirklichkeit auf der Untüchtigkeit seines Gegners. Schließlich könnte Cäsar seine Schlachten gewonnen haben, ohne klüger zu sein als Karl der Zwölfte, Nelson oder Johanna von Orleans, die, ähnlich wie die meisten modernen self-made-Millionäre, zu kurz gekommene Genies waren und sich der Wertschätzung erfreuten, die von allen Rassen gewissen Erscheinungsformen der Verrücktheit entgegengebracht wird. Cäsars Siege waren nur Bekundungen einer Größe, die ohne diese Siege nie bekannt geworden wäre. Außerhalb des Schlachtfeldes ist Cäsar größer als auf ihm. Nelson war, wenn er nicht auf seinem Achterdeck stand, so drollig und undiskutabel, daß, nachdem er bei Abukir am Kopf verletzt und sein Benehmen jahrelang ein öffentlicher Skandal war, der Unterschied zu vorher zu gering war, als daß er hätte bemerkt werden können. Aber es soll hier nicht verschwiegen werden, daß es die Täuschungen des Ruhmes nicht nur im Kriege gibt, es gibt sie auch im Frieden. Und eins steht fest: Die bloße Leistungsfähigkeit – etwa die Fähigkeit, ein Dutzend Sekretärinnen zu Tode zu reiten, so wie ein Eilkurier Pferde unter sich zu Tode reitet – bringt auch im Zivilleben Menschen mit gewöhnlichen Ideen und gewöhnlichen Vorurteilen dazu, im politischen Machtkampf alle Konkurrenten auszuschalten. Diese ungeheure Leistungsfähigkeit war es, die Cicero als die reichste von Cäsars Begabungen bewunderte. Dieselbe Begabung hat spätere Beobachter an Napoleon in Erstaunen versetzt, ehe er daran kaputtging. War Cäsar vielleicht nur so etwas wie eine Kombination aus Nelson und Gladstone? Ein Wunder an Vitalität ohne besondere geistige Qualitäten? Oder sogar voller Ideen, die aber schon verbraucht waren, ehe er geboren wurde, wie das auf Nelsons und Gladstones Ideen zutrifft? Ich habe auch diese Möglichkeit erwogen und sie verworfen. Ich kann hier nicht all das, was über Cäsar erzählt und geschrieben worden ist und was mir Cäsars echte Originalität zu beweisen scheint, wiederholen, aber ich möchte wenigstens darauf hinweisen, daß ich so vorsichtig gewesen bin, ihm außer Originalität nichts vorzuschreiben. Originalität verleiht einem Menschen den Anschein, offen, freigebig und weitherzig zu sein, da sie ihn befähigt, den Wert der Wahrheit, des Geldes, des Erfolgs in jedem einzelnen Augenblick richtig und vollkommen unabhängig von Konventionen und moralistischen Verallgemeinerungen einzuschätzen. Und deshalb wird so jemand nicht, wie es gewöhnlich auf Ministerbänken Mode ist, eine Lüge von sich geben, von der jedermann weiß, daß sie eine Lüge ist (und die man als Tribut an den guten Geschmack geradezu von ihm erwartet). Nein, seinen Lügen kommt man gar nicht auf die Schliche: bei ihm werden Lügen für Freimut gehalten. Er kennt auch die Paradoxie des Geldes, und gibt es in dem Augenblick aus, in dem er das meiste dafür bekommen kann, mit anderen Worten, wenn es den geringsten Wert hat, was bedeutet: genau dann, wenn der gewöhnliche Sterbliche am meisten darauf aus ist. Er weiß, daß der Augenblick des wahren Erfolgs nicht der ist, den die Menge dafür hält, und so braucht er, um den Eindruck vollkommenen Desinteresses und vollendeter Großherzigkeit zu erwecken, nur mit uneingeschränkter Selbstbezogenheit zu handeln – und das ist vielleicht der einzige Sinn, in dem man von einem Menschen sagen kann, er sei von Natur aus groß. In diesem Sinne habe ich Cäsar als groß dargestellt. Da er Kraft hat, bedarf er nicht der Güte. Er ist weder verzeihend noch offen oder großzügig, denn ein Mann, der zu groß ist, um irgend etwas übelzunehmen, hat nichts zu verzeihen; ein Mann, der Dinge ausspricht, die andere sich fürchten auszusprechen, braucht nicht offener zu sein als Bismarck es war, und es gehört keine Großzügigkeit dazu, Leuten, derer man sich zu bedienen gedenkt, Dinge zu schenken, auf die man selbst keinen Wert legt. Diesen Unterschied zwischen Kraft und Güte kann man in England nicht begreifen: deshalb ist unser Theater so arm an Helden, und so werden bei unseren Versuchen, Helden auf die Bühne zu stellen, einfach nur nette, freundliche Leute daraus. Güte, im gängigen britischen Sinn von Selbstverleugnung, setzt voraus, daß der Mensch von Natur lasterhaft ist, und daß äußerste Güte und äußerstes Martyrium identisch sind. Da ich diese fromme Meinung nicht teile, habe ich sie in keinem meiner Stücke dargestellt. Damit folge ich der Tradition der antiken Mythen, die einen Helden darstellen, der seine Feinde nicht in fairem Kampf besiegt, sondern ausgestattet ist mit einem Zauberschwert, mit einem Über-Pferd oder eigentlich mit magischer Unverletztlichkeit, die zu besitzen ihn nach der gängigen moralistischen Einstellung jeglichen Verdienstes an seinen Heldentaten beraubt.

Nun zu Cäsars Sinn für Humor: Es gibt so wenig Grund, anzunehmen, daß er keinen hatte, wie anzunehmen, daß er taub oder blind war. Als er durch eine Verschwörung von Moralisten meuchlings ermordet wurde (es sind immer eure Moralisten, die Meuchelmord zu einer Pflicht machen, ob durch das Schafott oder anderswie), habe er sich, so wird behauptet, verteidigt bis zu dem Augenblick, da der gute Brutus zustieß, dann ausgerufen: »Auch du, mein Sohn Brutus?« und auf jeden weiteren Kampf verzichtet. Wenn das stimmt, muß er ein unverbesserlicher Komiker gewesen sein. Doch sogar wenn wir diese Anekdote nicht berücksichtigen oder nur deren herkömmliche sentimentale Interpretation übernehmen, gibt es noch reichlich Beweise für seine Unbeschwertheit und seine Abenteuerlust. Tatsächlich beweist alles, was die Geschichte über ihn berichtet, deutlich, daß das, was man seinen Ehrgeiz nennt, nur Entdeckerfreude war. Er hatte viel mehr von einem Kolumbus und Franklin in sich als von Heinrich V.

Wie dem auch sei: Niemand braucht Cäsar die Eigenschaften abzusprechen, jedenfalls nicht alle, mit denen ich ihn ausgestattet habe. Alle Menschen besitzen bis zu einem gewissen Grad alle Eigenschaften – um wieviel mehr also Cäsar.

Die wirklich interessante Frage wäre, ob ich richtig gehe in der Annahme, daß es möglich ist, Größe darzustellen, wenn ich einen Menschen, wo er seine Pflicht tut, einfach seiner Natur folgen und ihn nicht seine Natur verleugnen lasse, zu welch Letzterem uns unser politisches System zwingt, indem es Leute, denen jegliche Größe fehlt, in wichtige Positionen setzt (denn unsere einflußreichen Familien haben nicht genug große Männer, die sie überall einsetzen könnten). Daraus wiederum ergibt sich die Frage, ob unsere Welt nicht in den vergangenen ungefähr zweitausendfünfhundert Jahren eine falsche Moral vertreten hat. Es muß doch für viele von uns ein ständiges Rätsel sein, daß die christliche Epoche, so großartig in ihren Intentionen, sich praktisch als eine so unerfreuliche Episode in der Geschichte des Menschengeschlechts erwiesen hat. Ich zweifle daran, ob dies einzig und allein die Schuld der gängigen blutrünstigen Sensationslust unserer religiösen Legenden ist, in denen die rohesten Folterungen und öffentliche Hinrichtungen leidenschaftlichen Drang nach Menschlichkeit ersetzen. Der Islam, der die Wollust an die Stelle von Martern setzt (ein in Wirklichkeit nur oberflächlicher Unterschied), hat es nicht besser gemacht. Vielleicht hat das Christentum deshalb versagt, weil es sich von seiner Lehre der moralischen Verantwortlichkeit, von Schuld, Unschuld, Lohn und Strafe, Sühne und wie sie alle heißen mögen, nicht freigemacht, und damit seine Absicht, die Welt zu verändern, zum Scheitern gebracht hat. Aber im Gegensatz zum allumfassenden, kosmischen Weltverständnis enthalten alle Schöpfungsphilosophien solche Begriffe. Vielleicht muß man sie als Preis dafür betrachten, daß eine Religion zur Volksreligion wird.

Anhang

Editorische Notiz

Rückblickend auf die Entstehungszeit von *Cäsar und Cleopatra*, Bernard Shaws neuntem Drama und zweiten historischen Stück – nach dem 1895 verfaßten Napoleon-Drama *Der Mann des Schicksals* –, schrieb der Dramatiker im Jahre 1918 an Hesketh Pearson, den einzigen von ihm persönlich autorisierten Biographen, dessen Informationsstand weitgehend von Shaw selbst gespeist wurde: »Es mag vielleicht interessieren, daß ich, als ich Cäsar schrieb, an Krücken herumhumpelte mit einer Nekrose am Fuß, von der jedermann annahm, sie würde sich zum Krebs entwickeln und mir den Rest geben. Sie war durch einen Unfall ausgelöst worden, der mir im selben Augenblick zustieß, da ich einen jener Zusammenbrüche der Lebensmitte erlitt, die Schiller töteten, Goethe fast töteten und die zu der Redensart geführt haben, jeder vielbeschäftigte Mann solle sich bei Erreichung des vierzigsten Lebensjahrs ein Jahr ins Bett legen. Bei dem Versuch, die Treppe auf Krücken hinunterzugehen, bevor ich mich an diese gewöhnt hatte, stürzte ich ins Leere und fiel durch das ganze Haus geradewegs auf die Fliesen, wobei zu dem unnützen Fuß als Komplikation noch ein gebrochener Arm kam. In diesem Zustand schrieb ich *Cäsar und Cleopatra*, doch merkt man es, soweit ich sehen kann, dem Stück nicht an.«

Der Treppensturz hatte sich am 17. Juni 1898 in *Pitfold House*, einem Refugium zwischen Haslemere und Hindhead in der Grafschaft Surrey, ereignet, wohin das Ehepaar Charlotte und Bernard Shaw sich zurückgezogen hatte, um Shaws seit Monaten anhaltende Knochenerkrankung auszukurieren. Vorausgegangen waren die eilige Eheschließung des nicht mehr ganz jungen Paares sowie Charlotte Shaws energische Maßnahmen, den Patienten ruhigzustellen, der sich aber um so besessener in die Arbeit stürzte; denn bereits am 23. April 1898 – dem Geburtstag William Shakespeares – hatte Shaw mit seiner Neugestaltung der dramatischen Beziehung zwischen dem römischen Imperator Gajus Julius Cäsar (100–44 v. Chr.) und der Königin Cleopatra von Ägypten (69–30 v. Chr.) begonnen, wobei ihm im Gegensatz zu Shakespeare nicht an der sattsam bekannten »Romanze« des Liebespaares gelegen war, sondern an einer Ehrenrettung des großen Römers; zumal sogar in Shakespeares *Julius Cäsar* der Titelheld schon kurz nach Beginn des Dramas ermordet wird und seine Äußerungen, die wenig Sympathie erwecken können, auf ganze 120 Zeilen beschränkt bleiben, so daß Shaw den Eindruck hatte, es handle sich eher um eine Darstellung des Cäsarismus als des historischen Cäsar selbst.

In der Zeit der erzwungenen Unbeweglichkeit – insgesamt achtzehn Monate, während welcher freilich noch einige weitere Unfälle passierten, ausgelöst durch Shaws unbezähmbare Vitalität und Ungeduld – entstanden die Historie *Cäsar und Cleopatra* (abgeschlossen am 9. Dezember 1898), parallel dazu das berühmte *Wagner-Brevier*, ein Kommentar zu Richard Wagners *Ring des Nibelungen*, und danach das Drama *Kapitän Brassbounds Bekehrung*, das Shaw der von ihm hochverehrten Schauspielerin Ellen Terry widmete, die ihn angeregt hatte, ihr eine Rolle auf den Leib zu schreiben.

Auch *Cäsar und Cleopatra* wurde durch einen großen Bühnendarsteller inspiriert, den klassischen Akteur und Theaterdirektor jener Epoche: Johnston Forbes Robertson, der, wie Shaw meinte, als einziger ein Gespür für den Tonfall und Duktus der antiken Rede besaß. Ohne ihn, bekannte der Dramatiker, wäre das Werk nie entstanden. Forbes Robertson hatte, gemeinsam mit der Schauspielerin Stella Patrick Campbell, deren Beziehung zu Shaw fünfzehn Jahre später skandalträchtige Blüten treiben sollte, am 18. Februar einer Lesung des Melodramas *Der Teufelsschüler* beigewohnt und seither Wohlwollen gegenüber dem noch wenig anerkannten Autor gezeigt (der nach den Schwierigkeiten mit seinem *Teufelsschüler* erst einmal fünfzehn Monate lang der literarischen Arbeit entsagt und sich ganz auf die kommunale Politik konzentriert hatte).

Die erste Version der antiken »Historie« erschien in dem Sammelband der *Three Plays for Puritans [Drei Stücke für Puritaner]* 1901, die revidierte Fassung unter Hinzufügung eines neuen Prologs 1930 in der *Collected Edition*. Eine Copyright-Lesung mit Stella Patrick Campbell als Cleopatra und Nutcombe Gould als Cäsar fand am 15. März 1899 am Theatre Royal in Newcastle upon Tyne statt, die erste Aufführung des Stückes am 1. Mai 1901 in Amerika durch Absolventen der Anna Morgan Studios for Art and Expression im Fine Arts Building, Chicago (mit zweimaliger Wiederholung). Am professionellen Theater stieß *Cäsar und Cleopatra*, wie die meisten Werke Shaws, zunächst auf größeren Widerstand. Erst am 31. März 1906 konnte – bezeichnenderweise in Deutschland, wo sich Shaws Ruhm rascher zu etablieren begann – die Welturaufführung stattfinden, und zwar unter Max Reinhardt am Neuen Theater, Berlin, in der deutschen Übersetzung von Siegfried Trebitsch, mit Albert Steinbrück und Gertrud Eysoldt in den Titelrollen,

Regie: Hans Olden, und mit Bühnenbildern von Karl Walser, dem seinerzeit erfolgreicheren Bruder des Dichters Robert Walser.

Die erste professionelle Produktion im Originaltext folgte wenig später, am 30. Oktober 1906, in New York am New Amsterdam Theatre durch die Forbes Robertson Company, nun endlich auch mit Shaws Wunschdarsteller Johnston Forbes Robertson als Cäsar und Gertrude Elliott als Cleopatra. Von da an hatte sich das Stück auf Dauer durchgesetzt, und Shaw sah sich allenfalls noch genötigt, gewissen Kritikern ein wenig historischen Nachhilfeunterricht zu geben. Dem Vorwurf, er idealisiere seinen Helden, trat er entschieden entgegen und betonte wiederholt, er habe seine Geschichte keinesfalls erfunden oder gar Charakterisierungen nach eigenem Gusto vorgenommen, sondern sich im Gegenteil streng an die Überlieferung gehalten: Eigentlich handle es sich bei seinem Werk um einen »transkribierten Plutarch« oder »dramatisierten Mommsen«.

Dem deutschen Geschichtsforscher und Juristen Theodor Mommsen (1817–1903), der 1902 als erster Deutscher den Nobelpreis für Literatur erhalten sollte, sind vorübergehend ähnliche Verklärungen historischer Persönlichkeiten angelastet worden, die aus seinem rein dynamischen Geschichtsverständnis resultierten. Ein ausdrücklicher Gegner Bismarcks, stand Mommsen zwar auf der Seite der bürgerlichen Linken, war jedoch allen radikalen Bewegungen abgeneigt. Sein bedeutendstes Werk, die mehrbändige *Römische Geschichte*, hatte Shaw in der englischen Übersetzung gelesen (speziell zu Band V dieser Ausgabe fanden sich zahlreiche handschriftliche Notizen unter seinen Papieren).

An den bereits erwähnten Biographen Hesketh Pearson schrieb Shaw, ebenfalls im Jahre 1918: »Ich fand, daß Mommsen Cäsar so aufgefaßt hatte, wie ich ihn darstellen wollte, und daß er die Geschichte von Cäsars Aufenthalt in Ägypten so erzählt, daß man spürt, er glaubt daran, was viele Historiker nicht tun... Aus Goethes Ausspruch, die Ermordung Cäsars sei das schlimmste Verbrechen gewesen, schließe ich, daß auch er Cäsar mit den Augen Mommsens... sah.« Damit stellt Shaw die historische Chronologie offensichtlich auf den Kopf, wie er auch andere Fakten unbekümmert – und ohne Hinweis – zurechtbiegt, um sie in den Fokus des psychologisch passenderen Blickwinkels zu bringen, eines Blickwinkels, den der gefürchtete Kritiker Alfred Kerr gleichwohl als »fraglos einen ethischen Gewinn« bezeichnete, als er den Autor 1904 in der Zeitschrift *Das neue Drama* vorstellte. So ist Shaws Cleopatra erst sechzehn Jahre alt, während die historische Königin von Ägypten zur Zeit ihrer ersten Begegnung mit Cäsar neunzehn Jahre zählte und zur

Zeit des Alexandrinischen Krieges, also der von Shaw dramatisierten Epoche 48 bis 47 v. Chr., sogar schon einundzwanzig. Auch blieb Cäsar nach dem Krieg immerhin neun weitere Monate in Ägypten, obwohl man ihn mehrfach nach Rom rief, während Shaw ihn nach Beendigung des Krieges abreisen läßt, und Cleopatra folgte Cäsar sogar 46 v. Chr. nach Rom, wo sie bis nach seiner Ermordung blieb und ihr gemeinsamer Sohn Cäsarion geboren wurde. Auf diese Fortsetzung der Beziehung geht Shaw nirgendwo ein, wahrscheinlich weil der Puritaner in ihm vornehmlich der kontrollierten Leidenschaft, der abwägenden Klugheit und der realistischen Humanität des Imperators zugetan war. Diese wiederum ist, entgegen dem landläufigen Vorurteil, geschichtlich belegt: Cäsar war nicht nur ein militärisches und administratives Genie, er trat auch, in Opposition zu Cicero, gegen die Todesstrafe ein und weigerte sich – wie bei Sueton geschildert – noch kurz vor seinem Tode, die Königskrone aufzusetzen; natürlich weniger aus Selbstbescheidung, als aus der Einsicht, daß er den Patriziern andernfalls ein noch empfindlicherer Dorn im Auge gewesen wäre. Diese ausgleichende Klugheit des alternden Eroberers faszinierte Shaw, der sein Modell auf die Forderungen der Gegenwart übertragen wollte. (In jüngeren Jahren hatte Cäsar ja bekanntlich durchaus nicht vor Konspirationen und Intrigen zurückgeschreckt, sondern seine Position usurpatorisch zu festigen gesucht.)
Werkgeschichtlich von Interesse erscheint, daß Shaws realistischer Cäsar in deutlichem Gegensatz zu dem Charakter Napoleons gezeichnet wird, dessen maßlose Passion und unkontrollierter Machtrausch ihn zu einem Opfer der eigenen Ungeduld machen, wie Shaw ihn in seinem *Mann des Schicksals* richtig typisiert – während Cäsar durch Humor vor solcher Erniedrigung gefeit ist. Selbst der Gedanke an seine Ermordung ist ihm angenehmer und gemäßer als die Vorstellung eines langsamen Siechtums zum Tode. In seiner Zusammenfassung von *Cäsar und Cleopatra* schreibt Georg Hensel: »Cleopatra ist ... katzenhaft und von naiver Sinnlichkeit ... Von Cäsar ... lernt sie die Kunst des Herrschens. Shaw benutzt die äußere Form einer intrigenreichen und umständlich shakespeareschen ›Historie‹, damit um so deutlicher werde, wie sehr sich sein Cäsar von den romantischen Helden Shakespeares unterscheidet. Shaws Cäsar ist ein ›intelligenter Zivilist‹, ein geschickter, weil großmütiger Diplomat, nicht inhumaner als aus politischen Gründen unbedingt notwendig, mit Selbstironie begabt und einer wissenden Melancholie, doch auch nicht ohne die Koketterie des Alterns und die Lust am übermütigen Spiel. Daß bei seinem Flirt, den er genießt, Cleopatra

zugleich im römischen Sinne erzogen wird, gehört zu seinem Genie. Er ist alles andere als ein legendärer Held, doch groß durch seine Persönlichkeit, seinen Humor und seine Vernunft.« (Zitat nach der Ex-Libris-Ausgabe des Schauspielführer *Spielplan*, erw. Auflage Zürich 1978, S. 904–906.)

Vor allem aber sieht die Sekundärliteratur in der Gestalt des Cäsar ein Selbstporträt des Autors. Shaw hatte sich zuweilen ähnlich fremd in der Rolle empfunden, die das Leben ihm zugeteilt hatte, wie sein Protagonist, der allein in der Sphinx ein ihm verwandtes Wesen ahnt. In der 1921 geschriebenen Vorrede zu seinem ersten Roman *Unreif* erklärt Shaw: »Sei es nun, daß ich von Geburt geisteskrank oder etwas zu gesunden Geistes war, mein Reich war nicht von dieser Welt: Ich war nur im Reiche meiner Phantasie daheim und fühlte mich nur bei den großen Toten wohl. So mußte ich ein Schauspieler werden und selbst die Rolle einer tüchtigen, weltgewandten und verwendbaren Persönlichkeit kreieren, die ich als Schriftsteller, Journalist, Redner, Politiker, Vereinsmitglied, Weltmann und so weiter zu spielen hatte. Darin war ich in späteren Jahren nur zu erfolgreich.«

Angesichts dieser Selbstdarstellung wird evident, wieviel mehr als eine bloße Replik des historischen Stoffes *Cäsar und Cleopatra* für ihn bedeuten mußte zu einem Zeitpunkt, da Shaw sämtliche Willenskräfte in sich zu mobilisieren hatte, um Leben und Gesundheit in den Griff zu bekommen; wieviel mehr auch als nur eine Zurechtrückung jener Erniedrigung, die ihn an Shakespeare so enttäuschte (vielleicht verkürzte er deshalb den Namen seines Vorgängers bewußt immer zu Shakespear? Eine Eigenwilligkeit, die in unserer Ausgabe stillschweigend korrigiert wurde). Was das Drama vermitteln sollte und späteren Generationen tatsächlich vermittelt hat, sei abschließend durch eine Besprechung Alfred Polgars in der *Weltbühne* (1912) veranschaulicht: »Dieses Theaterstück ist durchduftet von allen Spezereien und Würzen der Gescheitheit. Der weitschweifige Rhetoriker, der zärtlich in seine Zweifel verliebte Zweifler Shaw hat in seinem Cäsar-Drama Augenblicke, da er dem Weltgeist näher ist als sonst, da er Großes und Kleines, Ehrwürdiges und Lächerliches in eine einzige Klammer der Betrachtung faßt, so gut, so sicher, so untrennbar, daß Erhabenes und Niedriges nur wie zwei unwesentliche Nuancierungen des gleichen Grundstoffes erscheinen. Es ist nicht des Dichters Respektlosigkeit vor den großen, sondern sein Respekt vor den kleinen Regungen der menschlichen Psyche, der solche Annäherung bewirkt. Sie ist das Resultat einer Betrachtung aus solcher Ferne, daß die

Welten Punkte scheinen... oder aus solcher Nähe, daß ein kapriziöses Mädchengesicht die Welt bedeutet.«

Ursula Michels-Wenz

Zeittafel

Die Jahreszahlen bezeichnen, wo nicht anders vermerkt, immer die Entstehungszeit der jeweiligen Werke (nicht deren Publikation). Es sind nur die wichtigsten Titel aufgeführt. Die zahllosen politischen Schriften, Kritiken und allgemeinen Essays sowie die kleinen Stücke und die umfangreichen Briefwechsel mit namhaften Zeitgenossen können in diesem Rahmen aus Platzgründen nicht berücksichtigt werden.

1856 Am 26. Juli wird *George Bernard Shaw*, kurz G. B. S. genannt, als drittes Kind und einziger Sohn von George Carr Shaw und Lucinda Elizabeth Shaw geb. Gurly in Dublin geboren. (Der Autor verzichtet später auf den ersten Vornamen, wahrscheinlich aus Protest gegen den Vater.)

1871–1876 Fünfzehnjährig muß Shaw die Schule verlassen, um Geld zu verdienen, da die Familie verarmt und sich allmählich entfremdet. Arbeit im Büro eines Grundstücksmaklers, autodidaktische Weiterbildung. Die Mutter übersiedelt mit den beiden Töchtern nach London.

1876 Shaw folgt seiner Mutter nach London, verdient seinen Lebensunterhalt mit Gelegenheitsarbeiten, u. a. als Klavierspieler und Journalist.

1879 Shaw erhält eine feste Anstellung bei der Edison Telephone Company; Besuch politischer Veranstaltungen, Eintritt in die »Zetetical Society« (eine freie Vereinigung mit Diskussionsabenden zu gesellschaftlichen, politischen und philosophischen Fragen), in der er sich als Vortragsredner übt. Der erste Roman *Immaturity* (deutsch: *Unreif*; früher u. d. T. *Junger Wein gärt*) entsteht. Mehrere Verlage lehnen eine Veröffentlichung ab. (1930 wird das Buch erstmals publiziert.)

1880–1883 Shaw schreibt vier Romane in seiner Freizeit: *The Irrational Knot* (deutsch: *Die törichte Heirat*), *Love among the Artists* (deutsch: *Künstlerliebe*), *Cashel Byron's Profession* (deutsch: *Cashel Byrons Beruf*) und *An Unsocial Socialist* (deutsch: *Der Amateursozialist*), die aber erst ab 1894 in den Zeitschriften *To-Day* und *Our corner* zum Abdruck gelangen.

1884 Shaw tritt der neu gegründeten sozialistischen »Fabian Society« (Gesellschaft der Fabier) bei, der er 27 Jahre lang als provokatorischer Wortführer angehören wird; Beginn der Freundschaft mit Beatrice und Sidney Webb, William Archer (der Shaw entscheidend fördert), Florence Farr, Annie Besant u. a. m.

1885 Tod des Vaters.

Bis 1894 zahlreiche Buchrezensionen, Kunst- und Musikkritiken; Mitarbeit an der namhaften *Pall Mall Gazette*; Arbeit an *Widowers' Houses* (deutsch: *Die Häuser des Herrn Satorius*), Shaws erstem Stück, das 1892 uraufgeführt wird. Unter dem Pseudonym Corno di Bassetto schreibt Shaw vielbeachtete Musikkritiken für *The Star* und *The World* und engagiert sich mit Vorlesungen und Vorträgen zu sozialen und volkswirtschaftlichen Themen.

1891 Ibsen-Brevier *The Quintessence of Ibsenism.*

1893 *The Philanderer* (deutsch: *Der Liebhaber*).

1894 *Mrs. Warren's Profession* (deutsch: *Frau Warrens Beruf*), *Arms and the Man* (deutsch: *Helden*) und *Candida.*

1895–1898 Arbeit als Theaterkritiker für *The Saturday Review* unter Frank Harris.

1895 *The Man of Destiny* (deutsch: *Der Mann des Schicksals*; früher u. d. T. *Der Schlachtenlenker*).

1895–1896 (mit Unterbrechung) *You Never Can Tell* (deutsch: *Man kann nie wissen*), das ab 1899 ein Publikumserfolg wird.

1896 Arbeit an *The Devil's Disciple* (deutsch: *Der Teufelsschüler*; früher u. d. T. *Ein Teufelskerl*). Das Stück wird

1897 in New York uraufgeführt und verschafft seinem Autor den ersten großen Durchbruch als Dramatiker mit internationaler Resonanz.

1897–1903 Stadtrat von St. Pancras/London.

1898 Heirat mit Charlotte Frances Payne-Townshend, die ebenfalls aus Irland stammt. Entstehung von *Caesar und Cleopatra* (deutsch: *Cäsar und Cleopatra*), *Captain Brassbound's Conversion* (deutsch: *Kapitän Brassbounds Bekehrung*) und des Wagner-Breviers *The Perfect Wagnerite*/Kommentar zum »Ring des Nibelungen«.

1901 Frankreich-Reise; Sommer in Dorset.

1901–1903 *Man and Superman* (deutsch: *Mensch und Übermensch*).

1902 Aufenthalt an der Küste von Norfolk.
Bekanntschaft mit seinem deutschsprachigen Übersetzer Siegfried Trebitsch, der Shaw binnen eines Jahres den Weg auf die Bühnen Deutschlands und Österreichs ebnen wird.

1903 Frühjahr: Italienreise; Sommer: Schottlandreise.

1904 *John Bull's Other Island* (deutsch: *John Bulls andere Insel*), *How He Lied To Her Husband* (deutsch: *Wie er ihren Mann belog*). Frühjahr: Italienreise; Sommer: Schottlandreise.

1905 Umzug nach Ayot St. Lawrence/Hertfordshire. In London behalten die Shaws eine Zweitwohnung, in der sie wöchentlich einige Tage verbringen. *Major Barbara*.

1906 *The Doctor's Dilemma* (deutsch: *Des Doktors Dilemma*; früher u. d. T. *Der Arzt am Scheideweg*).

1907–1908 *Getting married* (deutsch: *Heiraten*; auch u. d. T. *[W]Ehe*).

1909 *The Shewing-Up of Blanco Posnet* (deutsch: *Blanco Posnets Erweckung*).
Misalliance (deutsch: *Mesallianz*; neuer Titel *Falsch verbunden*).

1910 *Fanny's First Play* (deutsch: *Fannys erstes Stück*).

1912 *Androcles and the Lion* (deutsch: *Androklus und der Löwe*), *Pygmalion*; beide Stücke werden uraufgeführt in der deutschen Übersetzung, Berlin bzw. Wien 1913.
Overruled (deutsch: *Es hat nicht sollen sein*).

1913 Tod der Mutter.
Freundschaft mit der Schauspielerin Stella Patrick Campbell. Reisen nach Irland und Frankreich.
Great Catherine (deutsch: *Die große Katharina*).

1914 Shaw gilt in England als persona non grata, da er sich deutschfreundlich äußert; schreibt *Commonsense about the War* (deutsch: *Der gesunde Menschenverstand im Krieg*, 1919), eine umfangreiche Abhandlung, die ihn noch unbeliebter macht.

1916–1917 *Heartbreak House* (deutsch: *Haus Herzenstod*).

1918–1920 *Back to Methuselah* (deutsch: *Zurück zu Methusalem*: Fünf Stücke, zu spielen an fünf aufeinanderfolgenden Abenden.

1923 *Saint Joan* (deutsch: *Die heilige Johanna*).

1925 Nobelpreis für Literatur.

1926 Shaw erhält den Nobelpreis rückwirkend für *1925* verliehen; hatte zunächst die Annahme verweigert, willigt dann ein unter der Bedingung, daß er der offiziellen Feier nicht beiwohnen muß und das Geld zur Förderung des schwedischen und englischen Literatur- und Kunstaustausches verwendet wird.

1928 *The Intelligent Woman's Guide to Socialism and Capitalism* (deutsch: *Wegweiser für die intelligente Frau zum Sozialismus und Kapitalismus*).
The Apple Cart (deutsch: *Der Kaiser von Amerika*; das Stück wird

1929 in Warschau (14. Juli) uraufgeführt.

1931 *Too True to be Good* (deutsch: *Zu wahr, um schön zu sein*). Rußlandreise.

1932 Reise nach Südafrika.
The Adventures of the Black Girl in Her Search For God (deutsch: *Die Abenteuer des schwarzen Mädchens auf der Suche nach Gott*; früher u. d. T. *Ein Negermädchen sucht Gott*).

1933 USA-Reise.
Village Wooing (deutsch: *Ländliche Werbung*).
On the Rocks (deutsch: *Festgefahren*).

1934 Weltreise
The Simpleton of the Unexpected Isles (deutsch: *Die Insel der Überraschungen*).
The Millionairess (deutsch: *Die Millionärin*).

1936 *Geneva* (deutsch: *Genf*); Revision des Stückes 1939.

1936–1937 *Buoyant Billions* (deutsch: *Zu viel Geld*); das Stück bleibt vorerst Fragment.

1938 Shaw erkrankt an perniziöser Anämie.

1938–1939 *In Good King Charles's Golden Days* (deutsch: *Die goldenen Tage des guten König Karl*; früher u. d. T. *Der gute König Karl*).
Aufzeichnung autobiographischer Miszellen u. d. T. *Shaw Gives Himself Away*.

1943 *Everybody's Political What's What* (deutsch: *Politik für jedermann*).
Tod Charlotte Shaws (12. September)

1947 *Buoyant Billions* (deutsch: *Zu viel Geld*) beendet; das Stück wird

1948 in Zürich uraufgeführt.
Farfetched Fables (deutsch: *Phantastische Fabeln*).

1949 *Sixteen Self-Sketches* (deutsch: *Sechzehn selbstbiographische Skizzen*); Revision der Texte von 1939 u. d. T. *Shaw Gives Himself Away*.

1950 Arbeit an *Why She Would Not*, eine Kurzkomödie, die unvollendet bleibt.
2. November: Bernard Shaw stirbt in seinem Haus in Ayot St. Lawrence an den Folgen eines Sturzes, den er sich Anfang Herbst bei Gartenarbeiten zugezogen hatte.

Bernard Shaw
im Suhrkamp Verlag

Die Abenteuer des schwarzen Mädchens auf der Suche nach Gott. Eine Legende. Mit einem Vorwort des Autors und den Illustrationen der Erstausgabe von John Farleigh. Aus dem Englischen von Ursula Michels-Wenz. BS 1029

Cäsar und Cleopatra. Historisches Drama. Deutsch von Annemarie und Heinrich Böll. Erstausgabe dieser Übersetzung. es 102

Candida. Ein Mysterium in drei Akten. Aus dem Englischen von Annemarie und Heinrich Böll. BS 940

Des Doktors Dilemma. Eine Tragödie. Deutsch von Hans Günter Michelsen. st 1856

Frau Warrens Beruf. Stück in vier Akten. Aus dem Englischen von Martin Walser. BS 918

Die Häuser des Herrn Sartorius. Komödie in drei Akten. / Frau Warrens Beruf. Stück in vier Akten. Deutsch von Harald Mueller und Martin Walser. st 1850

Handbuch des Revolutionärs. Deutsch von Annemarie und Heinrich Böll. BS 309

Haus Herzenstod. Eine Phantasie englischer Themen nach russischer Manier. Autorisierte deutsche Übertragung von Hans Günter Michelsen. Vorwort von Siegfried Trebitsch. BS 108

Haus Herzenstod. Eine Phantasie englischer Themen nach russischer Manier. Übertragung Hans Günter Michelsen. Mit einem Vorwort des Autors in der Übersetzung von Siegfried Trebitsch. st 1453

Die heilige Johanna. Dramatische Chronik in sechs Szenen und einem Epilog. Deutsch von Wolfgang Hildesheimer. BS 295 und st 1861

Heiraten. Eine Debatte. Deutsch von Dieter Hildebrandt. st 1857

Helden. Komödie in drei Akten. Deutsch von Wolfgang Hildesheimer. BS 42

Helden. Candida. Deutsch von Wolfgang Hildesheimer (Helden) sowie von Annemarie und Heinrich Böll (Candida). st 1851

Major Barbara. Komödie in drei Akten. Deutsch von Helene Ritzerfeld. st 1855

Mensch und Übermensch. Mit dem Brief an Arthur Walkley. Deutsch von Annemarie und Heinrich Böll. BS 129 und st 987

Die Millionärin. Deutsch von Alf Poss. / Die goldenen Tage des guten König Karl. Deutsch von Christine Koschel und Inge von Weidenbaum. Erstausgaben in diesen Übersetzungen. st 1863

Pygmalion. Komödie in fünf Akten. Deutsch von Harald Mueller. BS 66 und st 1859

70/1/6.91

Bernard Shaw
im Suhrkamp Verlag

Sechzehn selbstbiographische Skizzen. Mit 16 Bildtafeln. Autorisierte deutsche Übersetzung von Siegfried Trebitsch. BS 86

Der Teufelsschüler. Man kann nie wissen. st 1852

Unreif. Roman. Deutsch von Siegfried Trebitsch, für diese Taschenbuchausgabe revidiert. st 1226

Ein Wagner-Brevier. Kommentar zum Ring des Nibelungen. Aus dem Englischen von Bruno Vondenhoff. Mit einem Vorwort von Joachim Kaiser. BS 337

Wegweiser für die intelligente Frau zum Sozialismus und Kapitalismus. Neu herausgegeben und aus dem Englischen übertragen von Ursula Michels-Wenz. Gebunden und kartoniert

»Seien Sie nicht so undankbar, mir zu antworten.« Bernard Shaw – Lord Alfred Douglas. Briefwechsel. Herausgegeben von Mary Hyde. Aus dem Englischen von Ursula Michels-Wenz. Gebunden

70/2/6.91